아크라 문서

MANUSCRITO ENCONTRADO EM ACCRA
by Paulo Coelho

Copyright ⓒ Paulo Coelho, 2012
Korean translation copyright ⓒ MUNHAKDONGNE Publishing Corp., 2013
All rights reserved.

This Korean edition was published by arrangements with Sant Jordi Asociados Agencia
Literaria S.L.U., Barcelona, Spain.

이 책의 한국어판 저작권은 산트 조르디 에이전시와 독점 계약한 (주)문학동네에 있습니다.
저작권법에 의해 한국 내에서 보호를 받는 저작물이므로
무단 전재와 무단 복제를 금합니다.

이 도서의 국립중앙도서관 출판예정도서목록(CIP)은
서지정보유통지원시스템 홈페이지(http://seoji.nl.go.kr)와
국가자료종합목록 구축시스템(http://kolis-net.nl.go.kr)에서 이용하실 수 있습니다.
(CIP제어번호: CIP2013015388)

PAULO COELHO

아크라 문서
Manuscript found in Accra

파울로 코엘료 소설
공보경 옮김

문학동네

원죄 없이 잉태하신 마리아여,
당신께 간구하는 이들을 위해 기도해주소서.
아멘.

기적을 베풀어준 N. R. S. M.에게 감사하며,
그리고 재능을 낭비하지 않은 모니카 안투네스에게 이 책을 바칩니다.

예루살렘의 딸들아, 나를 위해 울지 마라.
너희와 너희 자녀들을 위해 울어라.
누가복음 23장 28절

들어가는 말

1945년 12월, 쉴 곳을 찾고 있던 두 형제가 상上이집트의 함라 돔이라는 지역에 위치한 어느 동굴에서 파피루스가 담긴 항아리를 발견했다. 법에 따라 지방 당국에 보고를 해야 했지만 그들은 그것들을 고대 유물 시장에 내다팔기로 했다. 낱장씩 내다팔면 당국의 주의를 끌지 않을 수 있었다. 두 형제의 모친은 '나쁜 기운'이 미칠 것을 두려워하여 그중 일부를 불살랐다.

이듬해, 두 형제가 이러저러한 이유들로 싸움을 벌이자 모친은 그 원인이 괴문서의 '나쁜 기운' 때문이라고 여겨 그 문서들을 어느 사제에게 넘겼고, 사제는 그중 하나를 카이로의 콥트 미술관에 팔았다. 그곳에서 그 파피루스 문서들은 오늘날까지 통용되는 이름을 얻었으니, 바로 '나그함마디 문서'다. 나그함마디는 그 문서들이 발견된 동굴에서 가장 가까운 도시 이름이다. 콥트 미술관의 전문가들 중 한 명이었던 종교사학자 장 도레스는 이 문서의 중요성을 알게 되어, 1948년에 발간된 출판물에서 처음으로 그 문서에 관해 언급했다.

나머지 파피루스 문서들은 암시장에서 모습을 드러냈다. 이집트 정부는 곧 그 문서의 중요성을 깨닫고 국외 유출을 막으려 나섰다. 1952년 이집트 혁명 후에는 문서 대부분이 카이로의 콥트 미술관에 전해져 국가문화유산으로 지정되었다. 그런데 이집트 정부의 수중에 들어가지 않은 문서가 하나 있었다. 그것이 벨기에의 어느 고서 전문점에 나타났다. 뉴욕과 파리로 팔려갈 뻔했던 그 문서는 1951년 카를 융 연구소로 흘러들어갔다. '융 코덱스'라는 이름이 붙은 그 문서는 저명한 정신분석학자 카를 융 사후에 카이로에 반환되었다. 카이로의 콥트 미술관에는 현재 천여 페이지에 달하는 나그함마디 문서가 보관되어 있다.

***

이 파피루스 문서들은 기원전 1세기 말에서 기원후 180년 사이에 작성된 텍스트의 그리스어 번역본으로, 오늘날 우리가 알고 있는 성서에 포함되지 않았으므로 정경正經이 아닌 외경外經으로 분류된다. 무슨 이유로 성서에 포함되지 않았을까?

기원후 170년, 주교들이 모여 어떤 문서를 신약성서에 포함시킬지를 결정했는데 기준은 간단명료했다. 이단異端과 교리상의 이설異說을 물리치는 데 유용한지 여부가 바로 그 기준이었다. 오늘날 우리가 알고 있는 4개의 복음서를 비롯해 사도들의 편지, 그리고 그리스도교의 중심 교리에 부합된다고 주교들이 판단한 문서들이 신약성서에 포함되었다. 이 주교회의에 관한 내용 및 이 회의에서 인정된 문서들의 목록은 무라토리 정경*에 기록되어 있다. 나그함마디에서 발견된 문서들을 비롯한 여러 문서들은 여성이 작성했다는 이유로(이를테면 막달라 마리아 복음서), 혹은 예수를 자신의 신성한 사명을 인지한 이로, 그래서 죽음을 겪어내는 그의 여정을 덜 길고 덜 고통스럽게 묘사했다는 이유로 누락되었다.

---

* 18세기 초 이탈리아의 역사가 L.무라토리가 밀라노에서 발견한 신약성서 목록표. 현존하는 가장 오래된 목록표이다.

***

1974년 영국의 고고학자 월터 윌킨슨 경이 또다른 문서를 발견했다. 이번에는 아랍어, 히브리어, 라틴어로 작성된 문서였다. 그 지역에서는 그런 것이 발견되면 법적으로 보호받는다는 점을 알고 있던 월터 경은 그 문서를 카이로 콥트 미술관의 고대 유물과로 보냈다. 얼마 안 있어 답신이 왔다. 전 세계에 돌아다니는 그 문서의 사본만 해도 최소 155부에 이르며(이 미술관도 3부를 보유하고 있고), 사실상 동일한 내용을 담고 있다고 했다. 탄소14 연대측정법(유기물이 포함된 시료의 연대를 측정하는 방법)을 실시한 결과, 그 문서는 비교적 오래지 않은 기원후 1307년경의 것으로 드러났다. 그 문서의 진원지가 이집트 국경 너머의 도시 아크라라는 것은 쉽게 추적해낼 수 있었다. 때문에 이 문서를 이집트 밖으로 반출하는 데 아무런 제약이 없었고, 월터 경은 이집트 정부의 서면 허가(1974년 11월 23일자. 참조 번호 1901/317/IFP-75)를 얻어 그 문서를 가지고 영국으로 돌아갈 수 있었다.

***

  나는 1982년 크리스마스에 영국 웨일스의 포스마도그에서 월터 경의 아들을 만났다. 기억하기로, 당시 그는 아버지가 발견한 그 문서에 대해 언급했으나 우린 둘 다 그 문서를 그리 중요하게 생각하지 않았다. 그후 우리는 수년간 친분을 유지했고, 나는 내 책의 홍보차 웨일스를 방문하면서 그를 두 번 정도 더 만났다.

  그러다 2011년 11월 30일에 비로소 나는 처음 만났을 당시 그가 언급했던 그 문서의 사본을 건네받게 되었다. 그 내용을 여기에 기록한다.

나는 이렇게 글을 시작하고 싶다.

"내가 이제 삶의 끝에 이르렀으니, 지상을 거니는 동안 배운 모든 지식을 후세를 위해 남기노라. 그들이 부디 이 지식을 잘 활용하기를."

아아, 이것은 사실이 아니다. 내 나이 겨우 스물한 살. 부모님은 나를 사랑으로 기르고 가르치셨고, 나는 내가 사랑하고 나를 사랑하는 여인과 결혼했다. 그러나 내일이면 우리는 헤어져야 한다. 스스로의 운명에 따라 혹은 죽음에 직면하여, 각자의 길을 찾아 떠나야만 한다.

우리 가족에게 오늘 날짜는 그리스도 기원력으로 기원후 1099년 7월 14일이다. 내 어린 시절 친구이며 이 예루살렘 시에서 함께 뛰놀던 야곱의 가족에겐 올해가 유대력 4859년이다. 야곱은 유대교가 내 종교보다 훨씬 오래된 종교라고 늘 자랑스럽게 말하곤 한다. 훌륭한 이븐 알 아시르*의 기준으로 올해는 이슬람

력 492년이 된다. 이븐 알 아시르가 평생 기록해온 이곳의 역사는 끝을 향해 가고 있다. 바로 올해가 그 끝인 것이다. 각기 종교가 다른 우리는 날짜에 대해서나 신을 섬기는 최선의 방법에 대해서는 합의하지 않지만, 그 외에는 어느 모로 봐도 평화롭게 잘 살고 있다.

일주일 전, 우리 도시의 지휘관들이 회의를 열었다. 침략자인 프랑스 군사들은 우리와는 비교할 수 없을 정도로 강력하고 훨씬 좋은 무기들을 보유하고 있다. 패배가 자명한 상황이기에 우리는 이 도시를 버리고 떠나거나 죽을 때까지 싸우거나, 둘 중 하나를 선택해야 한다. 우리 대부분은 이 도시에 남기로 결정했다.

이슬람교인들은 이 시각 알 아크사 모스크에 모였고, 유대인들은 미흐랍 다우드에 군인들을 집결시키기로 했으며, 여러 구역에 거주하는 그리스도교인들은 도시의 남쪽을 방어하는 일을 맡기로 했다.

저 바깥에는 선박들을 해체해 쌓아놓은 적군의 공성탑이 보인다. 적군의 움직임으로 판단컨대, 저들은 내일 아침 공격을 시작할 것이다. 교황의 이름으로, 이 도시의 '해방'과 '신의 뜻'을 위

---

* 중세 아랍의 역사가(1160~1234).

하여 우리의 피를 보려 할 것이다.

천년 전 로마의 유대 총독 폰티우스 필라투스*가 예수를 군중에게 넘겨 십자가형에 처하게 한 바로 그 광장에, 오늘 저녁 한 무리의 남녀노소가 한 그리스인을 만나기 위해 모였다. 우리는 그를 콥트인**으로 알고 있었다.

그 콥트인은 이상한 사람이었다. 그는 어릴 적 돈과 모험을 좇아 고향 아테네를 떠났다가 굶어 죽을 지경이 되어 우리 도시를 찾아왔다. 대접을 잘 받은 그는 여행을 계속하겠다는 생각을 접고 이곳에 정착하기로 했다.

그는 구둣방에서 일하면서, 이븐 알 아시르처럼 보고 들은 모든 것을 후세를 위해 기록하기 시작했다. 그는 특정 종교의 교인이 되려 하지 않았고, 아무도 그를 자기네 종교로 끌어들이려 애쓰지 않았다. 그에게 올해는 1099년도, 4859년도 아니며 492년의 끝은 더더욱 아니었다. 그는 오로지 지금 이 순간과 '모이라'를 믿었다. 모이라, 그것은 미지의 신이자, 만일 어길 경우 세상

---

* 티베리우스 황제 시대 로마의 유대 총독(재임 26~36)으로, 예수를 재판하고 그에게 십자가형을 내렸다. '본디오 빌라도'로도 표기된다.
** 이집트의 그리스도교인을 가리킨다. 콥트는 그리스어로 이집트인을 뜻하는 아이기프티오스(Aigyptios)에서 유래했다.

의 종말을 불러올 단 하나의 법을 수호하는 '신성한 힘'이었다.

콥트인 옆에는 예루살렘에 뿌리를 내린 세 종교의 수장들이 모여 있었다. 우리는 저항해봤자 아무 소용 없으리라고 생각했지만, 그래도 관리들은 저항을 위한 최후의 대비를 하느라 이 대화의 자리에 참석하지 않았다.

콥트인이 말했다.

"수세기 전, 한 남자가 이 광장에서 재판을 받고 유죄를 선고받았다. 그분은 의義를 향해, 죽음을 향해 걸어가면서 한 무리의 여자들 곁을 지나갔다. 그분이 여자들에게 말했다. '나를 위해 울지 말고, 예루살렘을 위해 울어라.' 그분은 지금 여기서 일어나고 있는 일을 그때 이미 예언하셨던 것이다. 내일이면 조화롭던 이 도시는 분쟁에 휩싸일 것이다. 기쁨 대신 슬픔이 넘칠 것이다. 평화는 물러가고 전쟁이 닥쳐와 상상할 수 없을 만큼 오랜 세월 계속될 것이다."

아무도 입을 열지 않았다. 우리가 왜 그곳에 모여 있는지 누구도 정확한 이유를 알지 못하기 때문이었다. 스스로를 '십자군'이라 부르는 침략자들에 대해 또다시 설교를 들어야 한단 말인가?

콥트인은 혼란스러워하는 사람들을 가만히 바라보았다. 그리고 긴 침묵 끝에 말을 이었다.

"저들은 이 도시는 파괴할 수 있지만 이 도시가 우리에게 가르쳐준 것들을 파괴하지는 못한다. 그러므로 우리의 지식은 이 도시의 벽과 집과 거리처럼 무너질 운명을 맞지는 않을 것이다. 그렇다면 우리의 지식이란 무엇을 의미하는가?"

아무도 대답하지 않자 그는 계속해서 말했다.

"삶과 죽음에 관한 절대 진리를 말하는 것이 아니다. 일상의 난관들을 직면하며 살아갈 수 있도록 도와주는 지식을 의미한다. 책으로 배우는 지식이 아니다. 책으로 배우는 지식은 과거에 일어난 일 혹은 미래에 일어날 일을 놓고 무의미한 논쟁만 부추길 뿐이다. 지금 내가 언급하는 지식은 선한 의지를 가진 모든 이의 마음속에 살아 있는 지식이다."

그는 잠시 뜸을 들였다 말을 이어갔다.

"나는 학자로서 오랜 세월 유물 복원과 분류, 날짜 기록, 정치 토론을 하며 살아왔지만, 그대들에게 무슨 말을 해야 할지 모르겠다. 그래서 '신성한 힘'의 기운을 빌려 우선 내 마음을 정화하고자 한다. 그런 후 그대들이 질문을 하면 그에 대해 답을 하겠다. 이는 옛 그리스의 스승들께서 쓰신 방법이기도 하다. 제자들이 전에는 생각해본 적 없는 문제들에 관해 질문을 하면 스승들이 대답을 해주었다."

한 사람이 물었다.

"당신의 대답을 듣고 우리가 무엇을 한단 말입니까?"

"누군가는 내 얘기를 기록하고, 누군가는 기억을 할 것이다. 오늘밤 그대들이 여기서 들은 이야기를 세상 곳곳으로 전하리라는 것이 중요하다. 그렇게 예루살렘의 영혼은 보전될 것이다. 그리하면 언젠가 우리는 그저 하나의 도시가 아닌, 지식의 중심이자 다시금 평화가 꽃피는 예루살렘을 복원할 수 있을 것이다."

또다른 사람이 물었다.

"내일 당장 우리에게 무슨 일이 닥칠지 다들 알고 있는 이 시점에, 차라리 강화담판을 어떤 식으로 진행하고 전투 준비를 어떻게 할지 논의하는 게 낫지 않겠습니까?"

콥트인은 옆에 자리한 세 종교의 수장들을 둘러본 후, 군중에게 시선을 돌리며 대답했다.

"내일 무슨 일이 일어날지는 우리 중 누구도 알 수 없다. 하루하루는 좋은 순간들과 나쁜 순간들로 이루어져 있기 때문이다. 지금부터 질문을 하면서 저기 밖의 적군들과 그대들 내면의 두려움은 잊으라. 장차 이 땅에서 살아가게 될 후세를 위해 우리가 해야 할 일은 오늘 일어난 일을 기록해 남기는 것이 아니다. 그런 일은 역사가 알아서 할 것이다. 우리는 매일의 삶에 대해, 그

안에서 우리가 직면해야 했던 어려움들에 대해 이야기해야 한다. 후손들은 바로 그런 것들에 관심을 가질 것이다. 천년 후에도 세상은 크게 달라지지 않을 테니."

그러자 내 이웃 야곱이 청했다.
"패배에 대해 말씀해주십시오."

겨울이 되어 나무에서 떨어지는 나뭇잎은 추위에 패배한 것일까?

 나무는 나뭇잎에게 말한다. "이게 바로 삶의 순환이란다. 넌 죽는다고 여기겠지만 넌 내 안에서 계속 살아가게 될 거야. 내가 지금 이렇게 살아서 숨쉬는 것도 네 덕분이지. 내가 지친 여행자에게 그늘을 드리워줄 수 있어서 늘 사랑을 받아온 것도 네 덕분이고. 네 수액樹液이 내 수액이 되었으니 우린 하나란다."

 세상에서 제일 높은 산을 오르기 위해 수년간 준비해온 남자가 있다고 해보자. 남자가 막상 그 산에 가서 보니 자연이 산 정상을 먹구름으로 뒤덮어놓았다고 해서 패배감을 느낄까? 남자는 산에게 말할 것이다. "이번에는 당신이 나를 원하지 않았지만, 날씨는 달라질 것이고 언젠가 나는 정상에 오를 것입니다. 그동안 나를 기다리고 계십시오."

첫사랑을 거부당한 젊은이가 세상에 사랑 따위 존재하지 않는다고 단언할까? 그 젊은이는 스스로에게 말할 것이다. "내 마음을 좀더 잘 이해해주는 사람을 만나야지. 그럼 남은 생은 행복할 거야."

자연의 대순환 속에는 승리나 패배 같은 개념이 없다. 오직 변화가 있을 뿐이다.

겨울은 맹위를 떨치며 줄곧 버티려 하나, 결국 꽃과 행복을 가져오는 봄의 도래를 받아들일 수밖에 없다.

여름 또한 온기가 땅에 유익하다 믿으며 따뜻한 나날을 영원히 지속시키려 하나, 결국 땅을 쉬게 하는 가을의 도래를 받아들여야만 한다.

가젤은 풀을 먹고, 사자에게 잡아먹힌다. 이런 현상을 통해 신께서 보여주시려는 것은 누가 제일 강한 존재인가가 아니라 죽음과 생명의 순환이다.

자연의 대순환 속에는 승자도 패자도 없다. 그저 거쳐가야 할 단계가 있을 뿐이다. 이 이치를 깨달을 때 우리 마음은 자유로워지며, 역경의 시기를 받아들이게 되고, 영광의 순간에 도취되어 그 순간이 영원할 것으로 착각하지 않게 된다.

역경의 시기도, 영광의 순간도 다 지나간다. 힘든 시절이 지나면 좋은 시절이 온다. 우리가 육신에서 해방되어 '신성한 힘'을 찾아낼 때까지 이 순환은 계속된다.

스스로의 선택에 의해서든 불가해한 운명에 의해서든 전쟁터에 나선 전사는 기꺼운 마음으로 전투를 맞이해야 한다. 그가 존엄과 명예를 지킨다면, 전투에서 지더라도 그의 영혼은 흠 없이 온전하므로 패배하지 않은 것이다.

그런 전사라면, 자신에게 일어나고 있는 일을 놓고 타인을 비난하지도 않을 것이다. 처음 사랑에 빠졌다가 그 사랑을 거부당했다고 해도 그로 인해 타인을 사랑할 능력이 사라졌다고 여기지 않을 것이다. 전쟁도 사랑과 마찬가지다.

전투에서 지거나 내 소유라 여겼던 모든 것을 잃으면 당장은 비탄에 잠기겠지만, 그 순간이 지나면 우리는 각자의 내면에 숨겨진 힘을 발견하게 된다. 우리 스스로를 놀라게 하고 자존감을 높여주는 힘을 깨닫게 되는 것이다.

그때 우리는 주변을 돌아보며 스스로에게 "나는 살아남았다"고 말할 것이다. 그리고 그 말을 통해 힘을 얻을 것이다.

내면의 힘을 깨닫지 못한 사람들만이 "나는 졌다"고 말한다. 그리고 슬픔에 매몰된다.

　그러나 어떤 사람들은, 승리하지 못한 것에 괴로워하고 승리한 자들이 패한 자신들에 대해 하는 말을 들으며 굴욕감을 느낄지라도, 눈물 몇 방울 흘릴지언정 스스로를 가엾다 여기지는 않을 것이다. 이것이 전투의 한 순간일 뿐이며, 다만 현재 불리한 입장에 놓인 것뿐임을 알기 때문이다.

　그들은 자신의 심장 소리에 귀를 기울인다. 자신이 지금 긴장하고 두려워하고 있음을 인식한다. 삶을 돌이켜보며, 두렵기는 해도 영혼 안에 믿음이 아직 살아 있음을, 그 믿음이 그들을 계속 나아가게 할 것임을 깨닫는다.

　그들은 자신이 무엇을 잘못했고 무엇을 잘했는지를 돌아본다. 싸움에서 진 이 시간을 휴식의 시간으로 삼아 상처를 치유하고 새로운 전략을 세우고 더 나은 채비를 갖춘다.

　그리고 새벽이 밝아온다. 새로운 전투가 시작된다. 그들은 여전히 두렵지만 행동에 나선다. 그러지 않으면 쓰러져 죽을 수밖에 없기 때문이다. 그들은 분연히 일어나 적을 대면한다. 그동안 견뎌온 고통을 떠올리며 더는 그렇게 살 수 없다고 마음을 다진다.

지난번 싸움에 졌으니 이번에는 이겨야 한다. 같은 고통을 되풀이해 겪고 싶지 않기 때문이다.

그러나 이번에도 승리하지 못하면 다음번을 기약하면 된다. 다음번에도 안 되면 그다음에는 될 것이다. 중요한 것은 결코 포기하지 않는 것이다.

포기하는 사람이 패배자이고, 그 외에는 모두 승리자이다.

언젠가 그대가 귀기울여 듣는 자들을 향해 역경의 시절을 자랑스레 이야기할 날이 올 것이다. 그들은 존경하는 마음으로 그 이야기를 들으며 세 가지 중요한 가르침을 얻을 것이다.

행동할 적기가 올 때까지 참고 기다려라.
다음 기회가 왔을 때 놓치지 마라.
상처를 자랑스럽게 여겨라.

상처는 피부에 새겨진 훈장이다. 상처는 그대가 오랫동안 전장에서 경험을 쌓았음을 나타내는 증표이므로, 적들은 그 상처를 보고 두려움을 느낄 것이다. 그렇기에 그대와의 충돌을 피하고 대화로 문제를 해결하려 들 때도 종종 있을 것이다.

상처를 낸 칼보다 상처 그 자체가 더 큰 목소리를 내는 것이다.

콥트인이 말을 마치자 어느 상인이 청했다.
"패배자에 대해 말씀해주십시오."

이에 그가 대답하였다.

패배자는 패배한 사람이 아니라 실패를 선택한 사람이다.

패배는 특정한 전투나 전쟁에서 지는 것을 의미한다. 실패는 아예 싸우러 나가지도 않는 것을 의미한다.

우리는 간절히 원하는 것을 얻지 못할 때 패배했다고 느낀다. 실패는 애초에 무언가를 꿈꿀 기회조차 주지 않는다. '아무것도 기대하지 마라. 그러면 실망도 없을 것이다'가 실패의 표어이기 때문이다.

패배의 끝에 우리는 다시 떨치고 일어나 싸우러 나간다. 그러나 실패의 끝에는 아무것도 없다. 평생 그렇게 좌절한 채로 살아갈 뿐이다.

패배는, 두렵지만 열정과 믿음을 가지고 살아가는 사람들의 것이다.

또한 패배는 용감한 사람들의 것이다. 용감한 사람만이 패전의 명예와 승전의 기쁨을 알기 때문이다.

내가 이 자리에 선 것은 패배가 삶의 일부라는 말을 전하기 위해서가 아니다. 이는 누구나 다 아는 말일 것이다. 다만 패배를 해본 사람만이 사랑을 안다는 말을 해주고 싶다. 우리의 인생에서 첫 싸움은 사랑을 위해 벌이게 되는데 그 첫 싸움에서 우리 대부분은 패배한다.

내가 이 자리에 선 것은 한 번도 패배한 적 없는 사람들이 있다는 말을 하기 위해서다.

그들은 한 번도 싸워본 적이 없는 사람들이다. 그들은 상처, 수모, 무력감은 물론이거니와 전사들마저 신의 존재를 의심했던 고난의 순간들을 그럭저럭 잘 피해서 살아왔다.

그런 사람들은 "난 싸움에서 져본 적이 없어"라고 자랑스럽게 말한다. 하지만 "난 싸움에서 이겨봤어"라고는 말하지 못한다.

그래도 그들은 개의치 않는다. 그들은 안전하다고 믿는 자신만의 우주 속에서 살아가고 있으니까. 그들은 세상의 부당함과 괴로움에 눈감아버린다. 위험을 무릅쓰고 자신만의 틀을 벗어난 이들이 직면하는 일상의 어려움들도 그들과는 무관하다.

그들은 "잘 가"라든지 "나 돌아왔어. 나를 잃었다가 되찾은 것처럼 열정적으로 안아줘" 같은 말을 들어본 적도 없다.

패배해본 적 없는 사람들은 겉으로는 행복하고 우월하며 진리에 통달한 듯 보이지만, 사실상 그런 진리를 얻기 위해 손가락 하나 까딱한 적도 없다. 그들은 늘 강자의 옆에 붙어서, 하이에나처럼 사자가 먹고 남긴 찌꺼기들을 주워먹으며 살아간다.

그들은 자녀들에게 이렇게 가르친다. "다툼에 휘말리지 마라. 지기만 할 뿐이다. 늘 스스로를 의심하면 어떤 문제도 생기지 않는다. 누군가 널 공격해도 화내지 말고, 되받아쳐서 스스로 품위를 떨어뜨리지 마라. 인생엔 그보다 중요한 일이 많다."

밤의 적막 속에서 그들은 가상의 전투를 벌인다. 실현되지 못한 꿈들, 눈감아왔던 부당함, 남들에겐 숨겨왔으나 자신에겐 숨길 수 없는 비겁했던 순간들, 그리고 눈을 빛내며 다가왔던 사랑, 신께서 그들을 위해 마련해두셨으나 용기가 없어 받아들이지 못했던 그 사랑을 위해 그들은 상상 속에서 전투를 벌이는 것이다.

그리고 마음속으로 다짐한다. '내일은 다를 거야.'

그러나 내일이 오면 그들을 무기력하게 만드는 질문이 마음에 떠오른다. '해봐야 소용없으면 어쩌지?'

그래서 그들은 아무것도 하지 않는다.

싸움에 져본 적 없는 사람은 불행하다! 인생에서 승자가 될 일도 없으니.

예루살렘에서 제일 부유한 사람의 아들과 결혼하기로 했으나
이 도시에서 도망쳐야 하는 신세가 된 젊은 여인이 청했다.
 "고독에 대해 말씀해주세요."

이에 그가 대답하였다.

고독이 없으면, 사랑은 그대 곁에 오래 머물지 않는다.

사랑이 천국으로 여행을 다니며 다른 형태로 존재를 드러내려면 고독이라는 휴식이 필요하기 때문이다.

고독이 없으면, 식물이나 동물은 살아남을 수 없고, 흙도 그 비옥함을 유지할 수 없으며, 어린아이는 인생을 배울 수 없고, 예술가는 창작을 할 수 없고, 작품이 성장해 새로이 탈바꿈할 수도 없다.

고독은 사랑의 부재를 뜻하지 않는다. 고독은 사랑을 보완해

주는 구실을 한다.

고독은 벗의 부재를 뜻하지 않는다. 고독의 순간에 우리 영혼은 우리에게 자유로이 말을 걸고, 삶의 방향을 결정하는 데 도움을 준다.

그러므로 고독을 두려워하지 않는 자, 홀로 있음을 겁내지 않는 자는 신의 축복을 받은 자이다. 할 일이나 즐길거리나 비판거리를 찾으려고 언제나 안간힘을 쓸 필요는 없다.

홀로인 때가 없으면 자기 자신에 대해 알 수가 없다.

자기 자신에 대해 알지 못하면 내면의 공허를 두려워하게 된다.

하지만 내면의 공허라는 것은 사실 존재하지 않는다. 우리의 영혼에는 발견해주기를 기다리는 광대한 세계가 숨겨져 있기 때문이다. 온전한 힘을 고스란히 간직한 채 존재하고 있지만 너무나 새롭고 강력한 세계이기에, 우리는 차마 그 존재를 인정하길 두려워한다.

자신이 누구인지를 깨닫게 되면 우리는 우리가 생각보다 멀리 갈 수 있다는 것을 받아들여야 한다. 그리고 바로 그 점이 우리를 두려움에 떨게 한다. 위험을 감수하지 않는 삶이 최선인 것 같기도 하다. 그래서 우리는 늘 말한다. "난 그 일을 해야 되는 줄 알면서도 다른 사람들이 막아서는 바람에 하질 못했어."

그러고 나면 마음이 한결 편안하다. 훨씬 안전한 느낌이다. 그러나 이는 삶을 포기하는 것과 마찬가지다.

"나한텐 기회조차 오지 않았어!"라고 말하며 일생을 보내는 사람들은 불행하다.

하루하루 시간이 흐를수록 그들은 스스로 만들어놓은 한계의 우물 속으로 깊이 빠져들 것이기 때문이다. 그러다보면 우물 밖으로 올라와 탁 트인 곳에서 밝은 빛을 만날 힘을 잃게 된다.

"내가 용기가 부족했어"라고 말하는 사람들은 축복받은 사람들이다.

그 사람들은 일이 그리된 것이 남 탓이 아님을 알기 때문이다. 오래잖아 그들은 고독과 그 비밀을 대면하는 데 필요한 믿음을 찾게 된다.

고독은 모든 비밀을 드러내 밝힌다. 그러므로 고독을 두려워하지 않는 이에게 세상은 다른 모습으로 다가온다.

고독 속에서 그들은, 간과했을지도 모를 사랑을 발견해낼 것이다.

고독 속에서 그들은, 그들을 버리고 떠난 사랑을 이해하고 존중하게 될 것이다.

고독 속에서 그들은, 떠난 사랑에게 돌아와달라고 간청하는 것이 그럴 만한 가치가 있는 일인지, 아니면 그저 떠나게 두고 새로운 길을 걸어가야 할 것인지 여부를 결정할 수 있게 된다.

고독 속에서 그들은, "아니요"라고 대답하는 것이 관용의 부족을 드러낸다고 할 수만은 없으며, "예"라고 대답하는 것이 관용의 미덕이라 할 수만은 없음을 깨닫게 된다.

이 순간 혼자인 사람들은 "넌 시간을 낭비하고 있어"라는 악마의 말에 겁먹을 필요가 없다.

혹은 "아무도 널 신경쓰지 않아"라는 대악마의 말에도 두려워할 필요가 없다.

'신성한 힘'은 우리가 타인과 말을 나눌 때에도 귀를 기울이고, 우리가 조용히 침묵하며 고독을 축복으로 받아들일 때에도 귀를 기울인다.

그 고독의 순간에, 자신의 빛으로 우리 주위를 고루 비추어 우리가 필요한 존재임을 깨닫게 한다. 우리가 이 땅에 존재함으로 인해 그 빛의 행하심에 큰 차이가 생겨남을 깨닫게 한다.

그리고 이 같은 마음의 조화를 얻을 때 우리는 원하는 것보다 훨씬 많은 것을 얻게 된다.

고독 속에 놓일 때 마음이 무거워지는 사람들은 삶의 가장 중요한 순간에 우리는 늘 혼자라는 사실을 기억해야 한다.

어머니의 자궁에서 세상으로 나오는 아기를 보라. 얼마나 많은 이들이 그 자리에 있건, 살아낼지 여부를 결정하는 것은 결국 그 아기이다.

예술가와 그의 작품을 보라. 진실로 멋진 작품을 탄생시키고자 한다면, 예술가에게는 고요히 천사들의 언어에만 귀를 기울이는 시간이 필요하다.

우리 모두가 그러하다. 죽음이라는 불청객을 마주 대하는 가장 중요하고 가장 두려운 순간에 우리는 누구나 혼자다.

사랑이 신의 영역이듯, 고독은 인간의 영역이다. 삶의 경이를 이해하는 사람들에게 사랑과 고독은 평화롭게 공존하는 개념이다.

도시를 떠나야 할 사람으로 결정된 소년이 분노로 옷을 찢으며 말했다.
 "나의 도시는 내가 전투에 나설 만한 자격이 안 된다고 여깁니다. 나는 아무런 쓸모가 없습니다."

이에 그가 대답하였다.

어떤 사람들은 "아무도 날 사랑하지 않아"라고 말한다. 그러나 짝사랑인 경우에도 언젠가는 상대의 마음을 얻을 수 있으리라는 희망이 늘 존재한다.

어떤 사람들은 "아무도 내 천재성을 인정하지 않고, 나의 재능을 무시하며, 내 꿈을 존중하지 않는다"라고 일기에 적는다. 하지만 그런 사람들에게도 수차례 고군분투하면 상황이 달라질 수 있다는 희망이 있다.

어떤 사람들은 집집마다 문을 두드리고 "일거리를 찾습니다"

라고 말하며 하루하루를 보낸다. 꾸준히 노력하면 언젠가는 누군가 그들을 집안으로 들이리라는 희망이 있기 때문이다.

그러나 늘 무거운 마음으로 아침에 잠을 깨는 사람들이 있다. 그들은 사랑도, 남들의 인정도, 일도 추구하지 않는다.

그러면서 스스로에게 말한다. "난 아무짝에도 쓸모가 없어. 죽지 못해 살아갈 뿐이야. 내가 하는 일에 아무도, 단 한 명도 관심을 갖지 않아."

집밖에 나가서는 밝은 태양 아래 가족에 둘러싸여 행복한 척 가면을 쓰고 살아간다. 겉보기에 그들은 남들이 꿈꾸는 모든 것을 가진 사람이기 때문이다. 하지만 그들은 어느 누구도 자기를 필요로 하지 않는다고 확신한다. 너무 어려서 어른들의 관심을 받지 못한다고, 혹은 너무 늙어서 말을 해봐야 다른 젊은 가족 구성원들의 흥미를 끌지 못한다고.

시인이 시를 몇 줄 쓰다가 내던지며 생각한다. '아무도 이따위 시에 관심을 갖지 않을 거야.'

일터에 들어선 직원은 어제와 똑같은 일을 오늘도 되풀이하며 생각한다. 자신이 당장 해고된다 해도 아무도 자신의 부재를 알아채지 못하리라고.

공들여 드레스를 만든 젊은 여인이 그 드레스를 입고 파티에 참석한다. 여인은 다른 사람들의 눈빛에서 이런 생각을 읽어낸다. '넌 다른 여자들보다 더 예쁘지도 추하지도 않아. 지금 이 시각 세상에는 비슷비슷한 파티들이 열리고 있지. 어떤 파티는 멋진 성에서, 어떤 파티는 다들 아는 사이라 남이 입은 드레스에 대해 한마디씩 하는 작은 마을에서. 네 드레스는 그곳에 널린 수백만 장의 드레스 중 하나일 뿐이야.' 이에 여자는 이런 생각을 하게 된다. '아무도 내 드레스에 대해서는 언급하지 않았어. 사람들의 관심을 전혀 끌지 못한 거야. 이건 예쁘지도 추하지도 않은, 그저 그런 드레스일 뿐이야. 아무 쓸모 없어.'

세상이 심각한 문제들로 가득하다는 사실을 깨달은 젊은이들은 언젠가 그런 문제들을 해결해보리라는 꿈을 꾼다. 하지만 아무도 그들의 견해에 관심을 보이지 않고 그저 이렇게 말할 뿐이다. "넌 세상물정을 몰라도 한참 몰라." "어른들 말씀을 잘 들으면 앞으로 어떻게 살지 더 잘 알 수 있을 거다."

노인들은 경험을 통해 원숙해졌고, 인생의 어려움들을 호되게 배우며 깨달음을 얻었다. 그런데 막상 그런 깨달음을 가르치려고 하니 아무도 관심을 갖지 않는다. 사람들은 노인들에게 말한다. "세상이 달라졌어요." "요즘 세상 돌아가는 것도 좀 배우시고 젊은이들 하는 말을 잘 들으세요."

쓸모없는 존재가 되었다는 느낌은 나이를 불문하고 부지불식간에 찾아와 사람들의 영혼을 좀먹으며 이런 말을 되풀이한다. "아무도 너한테 관심 없어. 넌 아무것도 아니야. 세상엔 너란 존재가 필요치 않아."

삶에 의미를 부여하고픈 간절한 마음에 많은 이들이 종교에 의지한다. 신앙심을 굳건히 하려고 애쓰다보면 결국 세상을 변화시키는 거창하고 의미 있는 활동을 하게 되리라 여기기 때문이다. 그들은 '우린 신의 일을 하고 있어'라고 생각한다.

그렇게 그들은 독실한 신자에서 전도사가 되고, 더 나아가 끝내 광신도가 되고 만다.

그들은 종교라는 것이 신비를 공유하기 위해 생겨난 것임을 이해하지 못한다. 타인을 억압하거나 개조하기 위해서가 아니라 섬기기 위해 세상에 왔음을 이해하지 못한다. 신의 기적은 일상의 삶에서 가장 잘 드러난다. 향후 천년 동안 아무도 이곳에서 있었던 '신성한 화합'에 대해 알지 못할 것이기에, 오늘밤 나는 예루살렘을 위해 울 것이다.

들판에 핀 꽃에게 물어보라. "넌 네가 쓸모 있다고 생각하니?

계속해서 똑같은 꽃을 피워낼 뿐이잖아."

꽃이 대답할 것이다. "난 아름다워요. 아름다움은 내가 살아가는 이유랍니다."

강에게 물어보라. "네가 하는 일이라곤 똑같은 방향으로 흘러가는 것뿐인데, 그래도 네가 쓸모 있는 존재라고 생각하니?"

강이 대답할 것이다. "난 쓸모 있으려고 노력하는 게 아니에요. 그저 강으로서의 역할에 충실하려고 할 뿐인걸요."

신의 관점에서 볼 때, 세상에 쓸모없는 존재는 없다. 나무에서 나뭇잎이 떨어지는 것도, 그대들의 머리에서 머리카락이 빠지는 것도, 곤충이 죽는 것도 그들이 쓸모없는 존재이기 때문이 아니다. 세상만물은 모두 존재할 이유가 있다.

이 주제를 꺼낸 소년아, 너 역시 그렇단다. "나는 아무런 쓸모가 없습니다"라고 말했지? 이런 말은 속절없이 자신을 망가뜨리는 독이 된단다.

이 독은 온몸으로 퍼져나가, 걷고 먹고 자고 소소한 재미를 느끼며 살아가려 아무리 애를 써도, 결국 죽은 자와 다름없는 삶을 살게 만든단다.

쓸모 있는 존재가 되려고 애쓰지 않아도 좋다. 그저 충실히 살려고 노력하면 그것으로 충분하다. 그것만으로도 상황은 긍정적으로 변화할 것이다.

걸음은 영혼보다 빠르지도 느리지도 않게 하라. 그대가 내딛는 한 걸음 한 걸음이 얼마나 쓸모 있는지를 가르쳐주는 것이 바로 그대의 영혼이다. 큰 전투에 참전하는 것이 역사의 흐름을 바꾸는 데 일조할 때도 있지만, 길에서 마주친 사람에게 미소를 지어주는 것만으로도 우리는 역사의 흐름을 바꿀 수 있다.

스스로를 쓸모없는 존재라 여기며 자살하려던 누군가가, 그대가 지어 보인 미소로 새로운 희망과 자신감을 얻게 되었다면 어떨까. 그대는 의도치 않게 낯선 사람의 목숨을 구하게 된 것이다.

자신의 삶을 면밀하게 들여다보면서, 고생했던 순간, 땀 흘리며 일했던 순간, 미소를 머금었던 순간을 찬찬히 되새겨본다고 해도, 타인에게 쓸모 있는 존재였던 순간을 정확하게 알아내지는 못한다.

쓸모없는 삶이란 없다. 모든 영혼은 나름의 이유가 있어 지상에 내려온 것이다.

진정으로 타인을 돕는 사람들은 억지로 쓸모 있는 삶을 살려고 애쓰지 않는다. 그저 유익한 삶을 이끌어갈 뿐이다. 남들에게 이래라저래라 조언을 하지도 않는다. 그저 조용히 모범을 보이며 살아간다.

자신이 늘 바라온 삶을 사는 것, 그것만으로 충분하다. 타인에 대한 비판을 그만두고 자신의 꿈을 이루는 데 집중하라. 그런 삶이 대단찮게 여겨질지도 모르지만, 만물을 주관하는 신의 관점에서는 남들에게 본보기가 되는 그런 삶이야말로 세상을 개선하려는 신의 뜻에 부합한다. 따라서 신은 그런 삶을 사는 이에게 매일 더 많은 축복을 내릴 것이다.

그리고 어느 날, 불청객인 죽음이 찾아왔을 때 그대는 이런 말을 듣게 될 것이다.

"내가 찾아왔으니 네가 신에게 '아버지, 아버지, 왜 저를 저버리셨습니까?'라고 묻는 것도 당연하다. 그러나 네 삶의 마지막 순간인 지금, 내가 본 대로 말을 하자면 이러하다. 너의 집은 깨끗하고, 식탁은 잘 치워져 있으며, 밭은 쟁기로 잘 일궈져 있고, 꽃들은 미소짓고 있다. 그리고 모든 물건이 정확히 있어야 할 자리에 놓여 있다. 이는 소소한 일들이 큰 변화를 가져온다는 것을 네가 잘 알고 있기 때문이다.

그러므로 나는 너를 천국으로 데려가려 한다."

'알미라'라는 이름의 침모가 말했다.

"십자군이 쳐들어오기 전에 저는 이 도시를 떠날 수도 있었어요. 그랬으면 지금쯤 이집트에서 일하고 있겠지요. 하지만 저는 늘 변화를 두려워해서 여길 떠나지 못했습니다."

이에 그가 대답하였다.

우리는 변화를 두려워한다. 부단한 노력과 희생 끝에 지금 사는 곳을 잘 알게 되었다고 여기기 때문이다.

지금 사는 곳이 최고로 좋은 곳이 아니어도, 이곳에서의 삶이 전적으로 만족스럽지는 않아도, 적어도 여기서 살면 낯설고 경악스러운 일들을 겪지 않아도 되니 삶이 크게 잘못되지는 않을 것이라 여기기 때문이다.

꼭 필요하다면 약간의 조정을 하지만 이후에도 삶은 이전과 똑같이 흘러간다.

산은 늘 그 자리에 있는 듯 보인다. 완전히 자란 나무들은 이미 뿌리를 내린 곳에 그대로 두어야지 다른 곳으로 옮겨 심으면 대개는 죽고 만다.

그럼 우리는 이렇게 말한다. "우리도 저 산과 나무처럼 살고 싶습니다. 굳건하고 의연한 삶 말입니다."

하지만 밤이면 문득 잠에서 깨어 생각한다. '나도 저 새들처럼 살고 싶어. 다마스쿠스와 바그다드로 날아갔다가 내가 원할 때 돌아오고 싶어.'

혹은 이런 생각을 할 때도 있다. '아무도 모르게 오고 싶은 데서 왔다가 가고 싶은 곳으로 가는 바람, 이유 따윈 설명할 필요 없이 마음대로 방향을 바꾸는 바람처럼 살고 싶어.'

하지만 다음날이면 생각이 달라진다. 새들은 사냥꾼과 다른 큰 새들에게 쫓겨다니기 일쑤고, 바람은 회오리바람에 사로잡혀 주변의 모든 것을 파괴하기도 한다는 사실이 떠오른 것이다.

언젠가는 여행을 다닐 여유가 생기리라는 꿈, 그래서 여행을 할 수 있게 되리라는 꿈, 그 꿈은 상상만 해도 기분이 좋아진다. 지금보다는 더 많은 일들을 할 수 있으리라 상상하면 기운이 솟는다. 이렇게 단순히 꿈만 꾸면 위험할 일이 없다. 위험은 꿈을 현실로 바꾸려 할 때 따르는 것이다.

그러나 언젠가는 운명이 그대의 집 문을 두드리는 날이 올 것이다. 행운의 천사가 부드럽게 똑똑 두드릴 수도 있고, 불청객인 죽음이 거칠게 쾅쾅 두드릴 수도 있다. 행운의 천사와 죽음은 둘 다 그대에게 "당장 달라져!"라고 말할 것이다. 다음주도 아니고, 다음달도 아니고, 내년도 아닌, "당장!"

우리는 언제나 죽음의 말에 귀를 기울인다. 두려움에 떨며 완전히 다른 사람이 된다. 거주하는 마을을 바꾸고, 습관을 바꾸고, 신발을 바꾸고, 음식을 바꾸고, 태도를 바꾼다. 지금 이대로 살게 내버려둬달라고 죽음을 설득할 수 없기 때문이다. 죽음과는 타협이 불가능하다.

우리는 행운의 천사의 말에도 귀를 기울이지만, 다만 한 가지 질문을 곁들인다. "이 길로 가면 어디로 가게 되나요?" 행운의 천사는 대답한다. "새로운 삶으로."

우리는 생각한다. '지금 내 삶에 몇 가지 문제가 있기는 하지만, 아무리 오래 걸려도 풀지 못할 문제는 없어. 지금까지 해왔던 대로 부모님과 선생님들, 자식들에게 모범을 보이면서 옳은 길을 가면 돼. 이웃들은 내가 모두에게 인내의 미덕을 가르치고, 역경에 맞서 싸우면서 난관을 극복하는 모습을 보여주길 기대하잖아.'

이런 생각을 하며 자부심을 느낀다. 변화를 거부한 채 운명이 정해준 길을 계속 가고 있다는 이유로 우리는 주위 사람들에게 칭찬을 듣는다.

하지만 이는 잘못된 생각이다.

옳은 길은 자연의 순리에 따르는 길이다. 자연의 길은 사막의 모래언덕처럼 늘 변화한다.

산이 변함없는 존재라는 생각은 틀렸다. 산은 지진으로 생겨나 바람과 비에 풍화되고, 우리가 알아채지 못할 뿐 매일 조금씩 달라진다.

산은 변화하고, 변화를 반긴다. 산은 서로에게 말한다. "늘 같은 상태로 있지 않아서 좋아."

나무가 변하지 않는다는 것도 틀린 생각이다. 나무는 겨울에는 헐벗고 여름에는 옷을 껴입고 살아간다. 새들과 바람이 씨앗을 퍼뜨리므로 나무는 원래 자리를 벗어나 다른 곳으로 옮겨간다.

나무는 주위에 새로이 싹을 틔우는 자손들에게 기뻐하며 말한다. "나는 내가 혼자인 줄 알았는데 어느새 내가 이렇게 많아졌구나."

자연은 우리에게 "변화하라!"고 말한다.

행운의 천사를 두려워하지 않는 사람들은 아무리 힘들어도 계속 길을 따라 나아가야 한다는 것을 알고 있다. 아무리 의심이 생겨도, 아무리 비난을 받아도, 아무리 위험에 처해도 멈추려 하지 않는다.

그들이 스스로 갇힌 가치와 편견에 맞서 새로운 길을 떠나려 하면 가족들이 말리고 나선다. "왜 다르게 살려고 해? 넌 필요한 걸 모두 가졌어. 부모님과 아내와 아이들에게 사랑받고, 오랫동안 원했던 직업도 갖게 되었잖아. 낯선 곳에서 이방인으로 사는 게 얼마나 위험한데. 그러지 마."

그러나 그들은 과감하게 변화의 첫발을 내디딘다. 때로는 호기심에서, 때로는 야망을 좇아 길을 나서지만, 모험에 대한 주체할 수 없는 갈망 때문인 경우가 대부분이다.

길이 굽어질 때마다 점점 더 큰 두려움을 느끼지만, 동시에 스스로에게 놀라기도 한다. 그들은 시간이 갈수록 자신이 점점 강하고 행복한 사람이 되어가고 있음을 알게 된다.

기쁨. 전능한 신께서 주시는 큰 축복 중의 하나가 기쁨이다. 스스로 행복하고 기쁘다 느낀다면 우리는 옳은 길을 가고 있는 것이다.

마음 안에 두려움이 설 자리가 점점 좁아지면 새로운 길에 대한 두려움은 점점 사라지게 된다.

처음 길을 나설 때부터 따라붙었던 질문은 여전히 그들과 함께하고 있다. '변화하고자 하는 내 결정이 남들을 괴롭게 만들지는 않을까?'

하지만 누군가를 사랑하면 그 사람이 행복하길 바라게 마련이다. 새로운 길을 떠나려 하니 처음에는 몹시 걱정되겠지만, 하고 싶었던 일을 하는 모습, 늘 꿈꾸었던 방향으로 나아가는 모습을 보면서 걱정은 곧 자랑스러움으로 바뀐다.

물론 한참을 걷다보면 여행자는 이대로 세상에 버려질 것 같은 느낌, 무기력한 기분에 휩싸이기도 한다.

그러나 길에서 만난 다른 여행자들도 같은 기분이라는 걸 대화를 통해 알게 되면서, 혼자가 아님을 깨닫는다. 그들은 길동무가 되어 여러 난관에 대한 해결책을 공유한다. 그러면서 점점 더 현명하고 활기찬 사람이 되어가는 것을 느낀다.

텐트에 누워, 슬픔과 회한에 잠겨 잠 못 이룰 때, 그들은 스스로에게 말한다. "내일이면 나는 또 한 발을 내디딜 거야. 언제든 왔던 길로 되돌아갈 수 있으니까, 내일 한 발 더 내디딘다고 문제될 건 없어."

어느 날부터 길은 여행자를 더이상 시험하지 않고 너그럽게 대하기 시작한다. 그간 힘들어하던 여행자의 영혼은 비로소 낯선 풍경의 아름다움을 즐기며 기꺼이 도전을 받아들인다.

그동안은 무의식적으로 발을 내디뎠는데 이제부터는 의식적으로 한 걸음 한 걸음 내디디며 음미한다.

아는 길이 주는 안정감 대신, 모르는 길에서 새로운 도전에 직면하는 기쁨을 배우게 되는 것이다.

여행자는 그렇게 여행을 계속한다. 지루함을 느낄 새는 없지만 피로가 몰려온다. 그럴 때는 쉬면서 주변 풍경을 즐기다가 다시 나아가면 된다.

그는 길을 두려워하며 파괴하는 데 일생을 보내기보다 자신이 발 딛고 서 있는 길을 사랑하기 시작한다. 물론 길을 가면서 판단을 잘못 내릴 때도 있다. 그럴 때면 그의 용기를 가상히 여긴 신께서 상황을 바로잡을 수 있도록 그에게 영감을 불어넣어주신다.

여행자는 눈앞에서 벌어지는 온갖 새로운 일들 때문이 아니라, 그런 일이 닥쳤을 때 제대로 대처하는 방법을 모를 수도 있다는 두려움 때문에 번민한다. 하지만 나아가야 하는 길 위에 서 있고 다른 대안이 없으면 그는 굳건한 의지력을 발휘하게 되고,

결국 주변 상황이 그에게 유리한 쪽으로 흘러가게 된다.

'어려움'이란 우리가 누구인지를 알게 해주는 오래된 도구의 또다른 이름이다.

여러 종교는 믿음과 변혁을 통해서만 신에게 가까이 갈 수 있다고 가르친다.

믿음은 우리가 혼자가 아님을 알려준다.

변혁은 우리가 삶의 신비를 사랑할 수 있도록 도와준다.

길을 걷다 어둠에 휩싸여 외로움과 무력감을 느낄 때면 영혼에 일어난 부정적인 변화를 보게 될 수도 있으니, 뒤돌아보지 말고 앞만 보고 걸어가야 한다.

어제도 그분께서 우릴 지켜봐주셨으니 내일 일어날 일을 두려워할 필요는 없다.

그분은 늘 우리 곁에 계신다.

그분은 우릴 고통에서 건져 쉬게 해주시거나, 고통을 품위 있게 대면할 수 있도록 힘을 주신다.

힘을 내 걷다보면 우리는 생각보다 더 멀리까지 나아가게 된다. 샛별이 태어난 곳을 찾아갈 수도 있다. 막상 그곳에 도착하면, 상상했던 것보다 훨씬 쉬운 여정이어서 놀랄 것이다.

변화를 거부하는 사람들도, 변화를 받아들인 사람들도, 언젠가는 죽음의 방문을 받는다. 변화를 받아들인 사람들은 죽음에게 이렇게 말한다. "나는 참으로 흥미진진한 삶을 살았습니다. 축복을 낭비하지 않았습니다."

모험이 위험하다고 믿는 사람들에게 나는 말하고 싶다. 계속 그렇게 살다간, 모험을 추구하며 사는 사람들보다 더 빨리 죽음을 맞이하게 될 것이라고.

무리 중 누군가가 말했다.

"이렇게 암담하니 기운이 날 만한 얘기를 듣고 싶습니다. 아름다움에 대해서 말씀해주세요."

이에 그가 대답하였다.

 사람들은 늘 "외면의 아름다움이 아니라 내면의 아름다움이 중요하다"고 말하는데, 꼭 그렇지만은 않다.
 외면의 아름다움이 중요하지 않다면, 어째서 꽃들은 그토록 아름답게 꾸미고 벌을 유혹하려 할까? 어째서 빗방울들은 무지개로 탈바꿈하여 태양을 맞이하려 할까? 자연은 아름다움을 간절히 원하고, 만물이 아름다움을 드높일 때 비로소 만족한다. 내적 아름다움이 겉으로 드러난 것이 외적 아름다움이다. 내적 아름다움은 우리 눈에서 흘러나온 빛을 통해 겉으로 드러나게 된다. 옷차림이 형편없다거나, 일반적인 우아함의 기준에 맞지 않다거나, 남들에게 잘 보이려 신경쓰지 않는다거나 하는 것은 문제가 되지 않는다. 눈은 영혼의 거울이므로 몸안에 숨겨진 영혼의 모든 것을 드러낸다. 또한 거울처럼, 그 눈을 들여다보는 사람의 영혼 또한 보여준다. 따라서 타인의 눈을 들여다보는 사람의 영혼이 어둡다면 그 사람은 자기 자신의 추함만을 보게 될 것이다.

아름다움은 신의 창조물 모두에 깃들어 있지만, 우리 인간은 '신성한 힘'과 종종 단절되기 때문에 타인의 생각에 휘둘릴 위험이 있다. 남들이 알아보지 못한다거나 알아보려 하지 않는다는 이유로 우리는 자신의 아름다움을 부정하곤 한다. 자기 자신을 있는 그대로 받아들이지 않고 주변의 그럴듯한 대상을 모방하려 한다. 남들이 '예쁘다'고 생각하는 대상을 닮으려 안간힘을 쓴다. 그러다보면 우리 영혼의 빛은 바래고, 의지는 약해지며, 세상을 더 아름다운 곳으로 만들 수 있는 잠재력은 시들어버린다.

세상은 우리가 생각하는 모습 그대로 보인다는 사실을 우리는 잊고 살아간다.

우리는 환한 달빛으로 태어났으면서도 달빛이기를 마다하고 그 달빛을 반사하는 물웅덩이가 되어버린다. 내일이면 물웅덩이의 물은 태양 아래 증발해버릴 것이다. 이 모든 것이 누군가 우리에게 "넌 참 못생겼어"라든가 "저 여자는 예뻐"라는 말을 했기 때문이다. 이 간단한 몇 마디 말이 우리의 자신감을 송두리째 앗아가버리는 것이다.

그런 말에 휘둘리면 결국 정말로 추해지고 마음을 다치게 된다.

그럴 때면 우리는 소위 '지혜'에서 위안을 얻으려 한다. 삶의 신비를 존중하기보다 세상을 규정하고 싶어하는 사람들의 생각을 모아놓은 것이 바로 이 지혜라는 것이다. 지혜는 행동 기준을 세우기 위한 온갖 쓸데없는 규칙, 규제, 규범들로 구성되어 있다.

이 거짓 지혜는 우리에게 피상적이고 덧없는 아름다움 따위에 신경쓰지 말라고 말한다.

하지만 이는 진실이 아니다. 새에서 산에 이르기까지, 꽃에서 강에 이르기까지, 태양 아래 창조된 모든 피조물은 창조의 기적을 나타낸다.

남들의 잣대를 통해 우리가 누구인지를 규정하려는 유혹에 빠지지 않는다면, 내면의 태양이 점차 우리의 영혼을 찬란히 빛나게 할 것이다.

사랑이 그대들 곁을 스쳐지나가며 말한다. "전에는 네가 있는

지도 몰랐어."

그대들의 영혼이 대답한다. "내가 여기 이렇게 있으니까 좀 더 신경을 써줘. 네 눈에 묻은 먼지를 떨어내주는 산들바람을 인식하듯이 너는 이제 나를 알아보았잖아. 다시는 나를 떠나지 마. 우리 모두는 아름다움을 원해."

아름다움은 같음이 아닌 다름 속에 존재한다. 기다란 목이 없는 기린, 가시 없는 선인장을 어느 누가 상상할 수 있겠는가. 우리를 둘러싼 산봉우리들은 그 높이가 일정하지 않기 때문에 웅장한 분위기를 풍기는 것이다. 산봉우리들의 높이를 전부 똑같이 만들어버리면 더이상 그런 분위기를 내지 못할 것이고 우리의 우러름도 받지 못하게 될 것이다.

우리를 놀라게 하고 마음을 끌어당기는 것은 바로 불완전함이다.

우리는 삼나무를 바라보며 '저 가지들의 길이가 전부 같아야 해'라고 생각하지 않는다. '정말 튼튼하구나'라고 생각한다.

우리는 뱀을 보면서 "나는 머리를 꼿꼿이 들고 걸어다니는데 저 뱀은 땅바닥을 기어다니네"라고 말하지 않는다. '저 뱀은 몸집이 작지만 가죽 색깔이 다채롭고 움직임이 우아하구나. 나보다 더 강해'라고 생각한다.

낙타를 타고 사막을 가로질러 목적지에 도착했을 때 우리는 "이 낙타는 곱사등에 이빨이 못생겼어"라고 말하지 않는다. '충성스럽게 나를 도와 이곳까지 데려다주었으니 이 낙타는 내 사랑을 받을 자격이 있어. 이 낙타가 없으면 난 세상을 돌아다닐 수 없을 거야'라고 생각한다.

저무는 태양은 불규칙한 모양의 구름들에 둘러싸여 있어서 더 아름답다. 일몰의 빛이 다양한 모양의 구름에 반사되어 나타나는 알록달록한 색깔들을 보고 사람들은 꿈을 꾸고 시를 쓴다.

'나는 아름답지 않아. 그래서 사랑이 내 집 문을 두드리지 않는 거야.' 이런 생각을 하는 사람들은 참으로 가엾다. 사실, 사랑은 그들의 집 문을 두드렸다. 문을 열었을 때 사랑을 맞아들일 준비가 되어 있지 않았던 것뿐이다.

그들은 이미 괜찮은 모습인데도 자신을 아름답게 꾸미지 못해 안달했다.

사랑이 독창적인 아름다움을 찾아다닐 때 남들과 비슷해지려고 안간힘을 썼다.

그들은 자신의 내면에 가장 밝은 빛이 있다는 사실을 잊고, 외부의 빛으로만 자신을 꾸미려 했다.

그날 밤 이곳을 떠나야 하는 젊은이가 말했다.
"어느 방향으로 가야 할지 확신이 서질 않습니다."

이에 그가 대답하였다.

태양과 마찬가지로 삶은 사방으로 그 빛을 뿌린다.
처음 세상에 태어났을 때 우리는 모든 것을 한꺼번에 얻으려 하지만, 막상 그리할 수 있는 힘을 얻어도 통제하지 못한다.
불을 피우고 싶으면 햇빛을 한곳에 모아야 한다.
'신성한 힘'이 세상에 내보인 큰 비밀이 바로 불이다. 단순히 타오르는 불이 아니라, 밀을 빵으로 바꿔놓는 불 말이다.
내면의 불에 초점을 맞추는 때가 왔을 때 비로소 우리의 삶은 의미를 갖게 된다.

우리는 하늘에 묻는다. "삶에는 어떤 의미가 있는 겁니까?"

어떤 이들은 성가시다며 애초부터 질문을 하지 않는다. 잠 못 이루게 만들고 대답을 얻기도 쉽지 않다며 귀찮아한다. 그들은 어제와 똑같은 모습으로 내일을 살아갈, 발전 없는 사람들이다.

그들은 죽음이 찾아오면 비로소 말한다. "내 인생이 너무 짧았어요. 나는 내가 받은 축복을 낭비했습니다."

어떤 이들은 그 질문을 놓고 곰곰이 생각에 잠긴다. 답을 알 수 없어, 같은 고민을 했던 사람들이 써놓은 글을 읽기 시작한다. 그러면서 옳다고 판단되는 나름의 답을 찾아낸다.

하지만 그들은 그 답의 노예가 되고 만다. 존재의 유일한 이유라고 믿게 된 바를 타인에게 강요하기 위해 규칙을 만들어낸다. 그 규칙의 타당함을 보여주려 사원을 짓고, 자신들이 믿는 절대 진리를 거부하는 사람들을 처벌하려 재판정을 짓는다.

어떤 이들은 그 질문이 함정임을 단박에 알아챈다. 그 질문에 정답은 없다.

답 없는 질문을 붙들고 씨름하느라 시간을 낭비하느니 그들은 행동에 나선다. 어린 시절을 돌이켜보며, 어른들의 조언과 상관없이 자신이 열정적으로 몰두했던 일을 찾아내 그 일에 일생을 바친다.

이는 열정이 신성한 불이기 때문이다.

그들은 자신들이 취한 행동이 인간의 지식이 미치지 않는 신비로운 자극과 관련되어 있음을 서서히 깨닫는다.

그들은 그 신비에 존경을 표하며 고개를 숙이고, 지금 걷고 있는 미지의 길에서 벗어나지 않기를 바라며 기도한다. 애초에 그들은 가슴속에서 타오르는 열정의 불 때문에 그 길을 선택해 걷고 있었다.

그들은 가능하면 직감에 따르고, 직감으로 안 될 때는 규율에 의지한다.

남들 눈에 그들은 미친 것 같다. 가끔은 정말 미친 사람처럼 행동하기도 한다. 그러나 그들은 미치지 않았다. 참된 사랑과 의지를 깨달았을 뿐이다.

참된 사랑과 의지는 어떤 목표를 추구해야 하며 어느 방향으로 나아가야 할지를 가르쳐준다.

의지는 수정처럼 맑고 사랑은 순수하므로, 길을 걷는 그들의 발걸음은 단호하다. 의심이 생기고 슬픔이 느껴지는 순간에도 그들은 자신의 본분을 잊지 않는다. "나는 도구입니다. 당신의 뜻을 드러내는 도구로 계속 남게 해주소서"라고 기도한다.

스스로 길을 택했다 해도, 그들이 그 길의 목표를 알게 되는 것은 죽음과 마주하는 순간에 이르렀을 때다. 열정을 품고 삶의 신비를 존중하며 나아가는 사람은 아름답다. 그의 길도 아름다우며 그의 짐은 가볍다.

목표는 거창할 수도 소박할 수도 있고, 먼 미래에나 실현될 수도 가까운 시일 내에 이뤄질 수도 있다. 다만 그 목표를 향해 가는 과정에서 그들은 늘 겸허하고 명예를 중시한다. 그들은 한 걸음 한 걸음의 의미를 알고 있으며, 그렇게 되기까지 얼마나 고된 훈련을 받고 직감을 발휘했는지도 잘 알고 있다.

그들은 달성해야 할 목표뿐 아니라 주위에서 일어나는 모든 일에 관심을 기울인다. 그러다보니 힘에 부쳐 길을 걷다 말고 멈춰 서야 할 때도 자주 있다.

그럴 때면 사랑이 나타나 말한다. "넌 구체적인 목표가 있기 때문에 그것을 향해 길을 걷고 있다고 생각하겠지. 하지만 그렇지 않아. 넌 그 목표 자체를 사랑하기 때문에 앞으로 나아갈 수 있는 거야. 힘들면 좀 쉬더라도, 최대한 빨리 일어나 다시 걸어. 네 목표가 널 발견하고 너에게 달려올 테니까."

그 질문을 무시하는 사람, 그 질문에 답하는 사람, 그 질문에 직면하는 유일한 방법이 행동에 나서는 것임을 아는 사람 모두가 같은 난관에 부딪히고 나름의 행복을 찾는다. 그러나 자신이 옳은 길을 가고 있음을 알 수 있는 이는 겸허하고 용감하게 신의 계획을 받아들이는 사람뿐이다.

세월은 흐르는데 아직 짝을 찾지 못한 여인이 말했다.
"사랑은 늘 내 곁을 지나가버립니다."

이에 *그*가 대답하였다.

사랑이 하는 말을 들으려면 사랑이 가까이 올 수 있도록 해야 한다.

그러나 막상 사랑이 가까이 다가오면 우리는 사랑에게 듣게 될 말을 두려워한다. 사랑은 자유롭고, 우리의 의지나 우리가 하는 일에 얽매이지 않기 때문이다.

세상의 모든 연인은 이러한 사랑의 특성을 알면서도 인정하려 들지 않는다. 그들은 순종으로, 힘으로, 아름다움으로, 재산으로, 눈물로, 미소로 사랑을 유혹할 수 있다고 착각한다.

그러나 참된 사랑은 스스로 대상을 유혹할 뿐 대상에게 유혹당하지 않는다.

사랑은 사람을 완전히 바꿔놓고 다친 마음을 치유하기도 한다. 때로 치명적인 덫을 놓아 완전히 순종하기로 결심한 사람을 망가뜨리기도 한다. 세상을 움직이게 하고, 별들이 제 궤도를 지키게 하는 이 사랑의 힘은 어떻게 이토록 창조적이면서 또한 파괴적일 수 있는 것일까?

우리는 주는 만큼 받는 데 익숙해 있다. 하지만 사랑에 대해서는 주는 만큼 받을 수 있으리라는 기대를 접어야 한다.

사랑은 믿음을 보여주는 행위이지 교환 행위가 아니다.

모순을 통해 사랑은 커지고, 갈등이 있어 사랑은 우리 곁에 머물 수 있다.

"당신을 사랑합니다"라는 중요한 말을 가슴속에만 담아두고 살기엔 인생이 너무 짧다.

그렇다고 상대방에게도 같은 말을 들으리라는 기대를 해선 안 된다. 우리는 사랑을 하고 싶어서 하는 것뿐이다. 억지가 개입되면 사랑은 의미를 잃고 태양도 빛을 잃는다.

벌과 함께하길 꿈꾸지만 벌 한 마리 찾아들지 않는 장미에게 태양이 묻는다.

"기다리기 힘들지 않니?"

"힘들어. 하지만 그렇다고 꽃잎을 닫아버리면 난 시들어서 죽고 말아."

마찬가지로, 사랑이 나타나지 않더라도 우리는 늘 사랑을 향해 마음을 열어두어야 한다. 때로 외로움이 모든 것을 무너뜨릴 것 같을 때도 있지만, 외로움에 지지 않는 유일한 방법은 계속해서 사랑하는 것이다.

인생의 큰 목표는 사랑이다. 그리고 나머지는 침묵이다.

사랑해야 한다. 사랑 때문에 눈물이 호수를 이루는 곳으로, 비밀스럽고 신비로운 눈물의 땅으로 가게 되더라도!

눈물은 감출 수 없다. 울 만큼 울었다고 생각될 때도 눈물은 쉼없이 흐른다. 그러나 우리가 슬픔의 계곡을 오래도록 걸을 운명임을 인정하는 순간, 눈물은 이내 그친다.

고통스럽더라도 마음을 계속 열어두기 때문이다.

나를 버리고 떠난 사람이 내 마음에서 태양을 가져가고 어둠만 남겨놓은 것이 아님을 깨닫기 때문이다. 그 사람은 그저 떠나갔을 뿐이고, 모든 이별이 그러하듯 또다른 사랑에 대한 희망이 내 마음에 들어차게 된다.

한 번도 사랑하지 않는 것보다 사랑하다가 잃는 편이 낫다.

통제 불가능한 힘의 신비 속으로 과감히 뛰어들어야 한다. 어떤 이는 "나는 전에 사랑에 호되게 당한 적이 있어. 이번 사랑도 오래가지는 못할 거야"라고 말하며 문 앞에서 사랑을 쫓아버린다. 그런 사람은 살아도 죽은 것과 다름없다.

자연은 신의 사랑을 보여준다. 우리가 무슨 짓을 하든 자연은 끊임없이 우리를 사랑한다. 자연이 우리에게 주는 가르침을 존중하고 이해해야 한다.

우리가 사랑을 하는 것은 사랑이 우리를 자유롭게 해주기 때문이다. 사랑이 있어 우리는, 전에는 용기가 없어 혼자 속삭이지도 못했던 말을 할 수 있다.

줄곧 미뤄왔던 결정을 내릴 수 있다.

"아니요"라는 말이 저주의 의미를 담고 있다 여기지 않고 입 밖에 낼 수 있다.

결과를 두려워하지 않고 "예"라고 말할 수 있다.

사랑은 매 순간이 다르고 그때 나름의 괴로움과 환희가 있기에, 사랑에 대해 전에 배웠던 모든 것을 잊게 된다.

우리는 사랑하는 이가 멀리 있으면 크게 노래하고, 사랑하는 이가 가까이 있으면 시를 속삭인다. 그가 우리의 노랫소리나 속삭임에 귀기울이지 않고 관심조차 주지 않는다 해도.

우리는 우주를 향해 눈을 감고서 "너무 어두워"라고 불평하지 않는다. 빛이 우리를 꿈에도 생각지 않은 일들로 이끌 수 있다는 것을 알기에 언제나 눈을 크게 뜨고 있다. 이 모든 것이 사랑의 일부다.

아무것도 잃을 것이 없기에 사랑을 향해 마음을 열고 두려움 없이 순응한다.

그러다 집으로 돌아가면, 우리가 찾던 것과 똑같은 것을 찾으려 하고 똑같은 불안과 열망을 경험하는 이가 우리를 기다리고 있다.

사랑은 구름으로 형태를 바꾼 물과 같다. 하늘로 올라간 물은 높은 곳에서 만물을 내려다보다가, 어느 날 지상으로 돌아갈 때가 되었음을 안다.

사랑은 빗방울로 형태를 바꾼 구름과 같다. 지상으로 내려온 물은 들판을 적신다.

사랑이 온 힘을 다해 우리를 사로잡도록 우리가 허락할 때까지, 사랑은 한낱 단어에 지나지 않는다.

누군가 다가가 의미를 부여할 때까지, 사랑은 그저 단어일 뿐이다.

포기하지 말기를. 사랑은 열쇠고리 맨 끝에 달린 마지막 열쇠다. 그 열쇠를 써야 비로소 문을 열 수 있다는 것을 기억하기를.

그런데 한 젊은이가 다른 의견을 내놓았다.

"당신의 말씀이 아름답기는 합니다만, 우리는 선택의 여지가 별로 없습니다. 이제까지의 삶과 우리가 속한 공동체가 이미 우리의 운명을 정해놓았습니다."

그러자 한 노인이 맞장구를 쳤다.

"나는 과거를 되돌려 잃어버린 시간을 되살릴 수가 없소이다."

이에 *그*가 대답하였다.

적군이 쳐들어오기 전날 밤이니, 지금 내가 하는 말이 쓸데없는 소리로 들릴 수도 있다. 그래도 지금 이 말을 기록해놓으면, 우리가 예루살렘에서 어떻게 살았는지 언젠가는 모두가 알 수 있는 날이 올 것이다.

콥트인은 잠시 생각에 잠겼다가 말을 이었다.

과거로 되돌아갈 수 있는 사람은 없으며 누구나 앞으로 나아가야 한다.

내일 해가 뜨면 그대들은 스스로에게 이렇게 말해야 할 것이다.

"나는 오늘을 내 인생의 첫날로 여기리라.

내 곁에 가족들이 있음을 기뻐하며, 그들을 경이로운 눈으로 바라보리라. 그동안 숱하게 이야기를 나누면서도 이해하지는 못했던 사랑이라는 감정을 고요히 공유하리라.

지평선에 처음 모습을 보인 여행자 무리에게 다가가 행선지도 묻지 않고 합류하리라. 그리고 좀더 흥미로운 것을 발견하면 즉시 그 무리를 떠나리라.

구걸하는 거지를 보면 그 거지에게 돈을 주거나, 돈을 줘봐야 술이나 마시는 데 쓸 것이라 생각하며 그냥 지나가리라. 그냥 지나가면 거지는 나에게 욕을 하겠지만, 나는 그것이 나와 소통하는 거지의 방식이라고 받아들이리라.

다리를 부수려는 사람을 보면 가서 말리거나, 그가 다리를 부수려는 이유를 알아보리라. 다리 건너편에서 그를 기다려줄 이가 아무도 없어 외로움을 떨쳐내기 위함임을 이해하리라.

모든 사물과 모든 사람을 처음 보는 듯이 바라보리라. 특히 그동안 너무 익숙해진 탓에 그것들을 둘러싼 마법에 대해 잊고 있었던 소소한 것들을 처음처럼 바라보리라. 내 눈에 보이지 않는 바람에 의해, 내가 알지 못하는 힘에 의해 이동하는 사막의 모래가 바로 그런 것이다.

늘 갖고 다니는 양피지에는 어차피 잊어버리지도 않을 내용을 괜히 기록하느니 차라리 시를 쓰리라. 한 번도 시를 써본 적 없고 다시는 쓰게 되지 않더라도, 내게 감정을 단어로 표현할 수 있는 용기가 있다는 것을 확인할 수 있을 테니까.

잘 아는 작은 마을에 찾아가서도 평소와는 다른 길로 미소를 지으며 마을로 들어가리라. 그러면 그곳 주민들은 이렇게 쑥덕거릴 것이다. '저 사람 살던 곳이 전쟁과 파괴로 황폐해져서 정신이 나갔나봐.'

그들이 나를 미쳤다고 여기는 게 재미있으니, 나는 계속 미소 지으리라. 내가 미소를 통해 하고 싶은 말은 이것이다. '내 몸은 파괴할 수 있겠지만 당신들은 내 영혼은 건드리지 못합니다.'

오늘밤, 이곳을 떠나기 전에, 나는 그동안 참을성이 없어 정리하지 못했던 물건들을 자세히 들여다보며 나의 역사가 물건들에 스며들어 있음을 깨달으리라. 편지들, 쪽지들, 오려낸 글들, 영수증들은 각기 생명력을 얻어 나에게 과거와 미래에 관한 경이로운 이야기들을 들려줄 것이다. 그동안 내가 보아온 각기 다른 사물들, 내가 여행했던 모든 길들, 내 인생의 입구와 출구가 되어주었던 것들에 대해서 말해줄 것이다.

  자주 입던 셔츠를 입으면서, 그 셔츠가 어떻게 만들어졌는지에 관해 처음으로 관심을 가지리라. 그 면직물을 짠 손들에 대해, 목화가 태어난 강에 대해 상상하리라. 내 눈에 보이지 않는 그 모든 것들이 내 셔츠의 역사를 이루고 있음을 알게 되리라.

  오래 신어 내 발의 일부가 된 샌들처럼, 익숙한 사물들에 대해서도 새로운 면모를 발견하며 그 신비를 깨달으리라.

  미래를 향해 나아가기로 한 순간부터, 내 샌들에 나 있는 흠이 나를 도와줄 것이다. 이 흠은 예전에 내가 발을 헛디뎌 생겨난 것이니.

  내 손이 닿은 모든 것, 내 눈이 본 모든 것, 내 입으로 맛본 모든 것은 각기 다르면서도 똑같다. 정지 상태에서 풀려나 생명을 얻은 그것들은 오랫동안 내 곁에 머물렀던 이유를 내게 설명해줄 것이다. 일상 속에서 순하게 닳은 감정들과 재회하는 기적을 내게 보여줄 것이다.

  남들이 맛없다고 하는 소리를 듣느라 입에 대본 적 없는 차를 마시리라. 남들이 재미없는 곳이라고 해서 가본 적 없는 거리를 걸어보리라. 다시 한번 경험해보고 싶은지 아닌지를 스스로 판단하리라.

내일 날이 화창하면, 마치 처음 보는 것처럼 태양을 바라보리라.

내일 날이 흐리면, 구름이 어느 방향으로 흘러가는지 바라보리라. 그동안은 시간이 없어서, 혹은 별 관심이 없어서 태양이나 구름을 살펴보지 않았다. 그러나 내일은 구름이 흘러가는 방향을, 햇빛을, 구름과 태양이 함께 만들어낸 그림자들을 주목하리라.

내 머리 위의 하늘에 관해, 수많은 세월 동안 수많은 사람들이 수없이 많은 설명을 달아놓았다.

별들에 대해 그동안 내가 배운 내용을 모두 잊으리라. 그러면 별들은 천사나 어린아이, 혹은 내가 믿는 무엇으로든 모습을 바꾸어주리라.

시간과 삶은 내게 만물에 관한 온갖 논리적인 설명들을 안겨주었으나, 내 영혼이 갈구하는 것은 신비로움이다. 내게는 신비가 필요하며, 내가 천둥의 울림 속에서 듣고 싶은 것은 성난 신의 목소리다. 여기 많은 사람들에게 그런 생각은 이단이겠지만 말이다.

내 삶을 또다시 공상으로 채우리라. 자연 현상에 대한 현자들의 논리적인 설명보다, 성난 신이라는 공상이 훨씬 낯설고 무시무시하며 흥미로우니까.

기쁨은 죄가 아니니, 처음으로 죄책감 없이 미소지으리라.

괴로움은 미덕이 아니니, 나를 괴롭히는 것을 처음으로 피하며 살리라.

삶에 대해 '모든 게 늘 똑같고 변화를 위해 내가 할 수 있는 일은 없어'라고 불평하지 않으리라. 오늘이 내 생의 첫날인 것처럼, 전에는 미처 알지 못했던 것들을 발견하리라.

수없이 지나온 그곳을 지나며 늘 보던 사람들에게 '좋은 아침이에요'라고 인사하더라도, 오늘의 '좋은 아침이에요'는 다른 의미를 지니게 되리라. 예의상 주고받는 형식적인 인사가 아니라, 비극이 우리를 집어삼키려 하더라도 살아 있음의 가치를 깨닫기를 바라는 진심 어린 축복의 말일 테니까.

근심으로 영혼이 무거워진 사람들은 관심을 두지 않겠지만, 나는 거리에서 음유시인이 부르는 노랫말에 귀를 기울이리라. '사랑이 지배하는 세상. 하지만 사랑의 왕좌가 어디에 있는지는 아무도 알지 못하네. 비밀의 장소를 알려면 우선은 사랑에게 복종해야 한다네.'

내 영혼이 머무는 은신처의 문을 용감하게 열어젖히리라.

부디 내 육신과 내 영혼을 처음으로 마주하는 것처럼 나 자신을 바라볼 수 있기를.

부디 나 자신을 있는 그대로 받아들일 수 있기를. 남들처럼 걷고 느끼고 말하고 이런저런 단점들도 고스란히 갖고 있지만, 용감한 사람이기도 한 나를.

 부디 낯선 이에게 말을 걸 때처럼 나 자신의 단순한 몸짓에 감탄하기를, 바그다드에서 불어온 바람이 내 얼굴에 흩뿌린 모래를 느낄 때처럼 나의 가장 평범한 감정에 감탄하기를, 곁에 누워 잠든 아내를 바라보며 아내가 꾸는 꿈을 상상할 때처럼 따뜻한 순간들을 떠올리며 감탄하기를.

 만일 침대에 홀로 누워 있게 된다 해도, 나는 일어나 창가로 가 하늘을 올려다보며 외로움은 거짓된 감정임을 확신하리라. 우주가 저 위에서 나를 바라보며 벗이 되어주고 있으니.

 그리고 하루 매 시간을 놀라움의 연속으로 살아가리라. 이제 나는 아버지나 어머니 혹은 가르침에 의해 만들어진 사람이 아닌, 지금까지 쌓아온 경험으로 새로이 거듭나 만물을 새로운 눈으로 보게 된 사람이므로."

상인의 아내가 청했다.
"성교에 대해 말씀해주세요."

이에 그가 대답하였다.

남녀가 성교에 관해 말할 때 작은 목소리로 속삭이는 것은 성스러운 몸짓인 성교를 죄스러운 행동으로 여기기 때문이다.

우리가 사는 세상이 이러하다. 현실을 완전히 무시하는 것은 위험하나, 방법만 제대로 알면 불복종도 미덕이 될 수 있다.

두 육체가 단순히 교합하는 것은 올바른 성교가 아니라 쾌락을 탐하는 행위일 뿐이다. 성교는 쾌락의 범주를 넘어서는 개념이다.

성교시에는 고통과 환희, 수줍음과 대담함, 긴장과 이완이 그 한계를 뛰어넘어 조화를 이룬다.

이처럼 상반되는 상태들이 어떻게 조화를 이루는 것일까? 오직 순종을 통해서만이 가능하다.

순종은 곧 '나는 당신을 믿는다'는 의미이다.

진정한 조화를 이루려면 상상만으로는 부족하다. 서로에게 몸뿐 아니라 영혼까지 허락할 때 일어나게 되는 일들은 상상으로는 알 수 없다.

순종이라는 위험한 길로 과감히 함께 뛰어들어야 한다. 위험할 수도 있지만 해볼 만한 가치가 있다.

그 때문에 우리가 사는 세상이 크게 달라진다고 해도 우리는 잃을 것이 없다. 육체와 영혼을 하나로 결합하는 방법을 알면 완전한 사랑을 얻을 테니까.

남에게 무언가를 주는 것은 고귀한 일이고, 받는 것은 굴욕적인 일이라는 편견은 모두 잊어도 좋다. 사람들은 대개 남에게 베푸는 것만이 관용이라고 생각하지만, 남에게 받는 것도 사랑을 실천하는 행위이다. 남들이 우리를 행복하게 해주도록 허용함으로써, 우리 역시 그들에게 행복감을 안길 수 있기 때문이다.

그러나 성교시 파트너에게 지나치게 관대하게 굴면서 기쁨을 주는 데만 몰두한다면, 우리 자신은 기쁨을 느낄 수가 없다.

주는 행위와 받는 행위를 똑같이 집중해서 할 수 있을 때, 우리의 육체는 활시위처럼 팽팽해지지만 우리의 마음은 막 발사된 화살처럼 느긋해진다. 그때부터 뇌가 아닌 본능이 우리를 이끌게 된다.

육체와 영혼이 만나게 되면, 흔히 흥분 반응이 일어난다고 여기는 부위뿐 아니라 머리카락 하나하나, 피부 구석구석까지 '신성한 힘'이 채워지면서 다채로운 빛을 뿜어내게 된다. 두 개의 강이 만나 더욱 아름답고 강한 강이 되어 흐르는 것이다.

영적인 모든 것은 보이는 형태가 되어 겉으로 드러나고, 보이는 모든 것은 영적인 힘으로 변화하게 된다.

서로의 모든 것을 허락하고 받아들이는 경지에 이른다.

때로 사랑은 부드러운 말만 주고받는 데 진력을 낸다. 그럴 때면 사랑이 태양처럼 화려하게 타오르도록, 강렬한 바람으로 숲을 모조리 휩쓸어버리도록 허락해야 한다.

두 연인 중 한 명이 먼저 완전히 순종하면 나머지 한 명도 따라서 순종한다. 처음에는 당황스럽지만 차츰 호기심을 보이게 되고, 호기심을 통해 자신도 알지 못했던 부분들을 연인과 함께 탐색하기에 이른다.

성교를 하늘의 선물이자, 변화의 의식으로 보아야 한다. 어떤 의식이든 끝에 가서는 무아지경에 이르게 되지만, 무아지경이 성교의 유일한 목적은 아니다. 중요한 것은 우리가 파트너와 함께 미지의 영역으로 길을 떠나 황금과 향료와 몰약을 발견하게 된다는 점이다.

성교에 성스러운 의미도 부여하라. 이 부분에 대해 의심이 들면, '성교를 하는 동안 우리는 혼자가 아니며 같은 감정을 공유하게 된다'는 점을 기억하라.

자신의 성적 상상이 담긴 비밀 상자를 과감하게 열어라. 먼저 용기를 발휘하면 나머지 한 명도 용기를 낼 수 있다.

진정한 연인들은 비난을 두려워하지 않고 아름다움의 정원에 대담하게 발을 디딘다. 단순히 두 개의 몸과 두 개의 영혼이 만나는 데 그치지 않고 두 연인이 하나의 분수가 되어 참된 생명수를 쏟아내게 된다.

별들이 벌거벗은 몸을 내려다보아도 연인들은 부끄러워하지 않는다. 새들이 가까이에서 날아가면 연인들은 새들의 노랫소리를 흉내낼 것이다. 거친 야생동물들은 자기네를 능가하는 거친 움직임을 보고 조심스럽게 다가와 존경과 복종의 의미로 고개를 숙일 것이다.

진정한 사랑이 만들어낸 기쁨의 나라에서는 모든 것이 무한하므로, 진정한 연인들이 하나되는 시간 또한 영원할 것이다.

내일은 죽을 각오로 전장에 나가지만 오늘은 콥트인의 말을 경청하고자 광장에 온 전사가 말했다.
　"통합이 중요한 시기에 우리는 분열되어 있었습니다. 침략자들이 지나는 길에 위치한 도시들은 결국 원치 않는 전쟁에 휘말려 참혹한 수난을 겪었습니다. 생존자들은 자식들에게 무슨 말을 해줘야 할까요?"

이에 그가 대답하였다.

우리는 홀로 태어나 홀로 죽는다. 그러나 이 땅에 사는 이상, 우리는 타인들을 통해 믿음을 형성하고 드높일 수밖에 없다.

공동체는 하나의 생명이다. 공동체가 있어야 우리도 생존할 수 있다. 인류가 동굴에서 살던 시절에도 그랬고 지금이라 하여 달라진 것은 없다.

그대들과 함께 자라고 배운 사람들을 존중하라. 그대들에게 가르침을 준 사람들을 존경하라. 그리고 때가 되면, 공동체가 계속 존재하고 전통이 이어질 수 있도록 다른 이들에게 이야기를 전파하고 가르쳐라.

기쁨과 좌절의 순간을 타인과 나누지 않는 사람은 자신의 자질과 부족한 면모를 완전히 알아내지 못한다.

공동체를 위협하는 위험 요소에 대해서는 늘 경계해야 한다. 구성원들의 한계와 두려움, 편견을 이용해 그들에게 표준화된 행동만 하도록 유도하는 것이 바로 그런 위험 요소이다.

표준만을 강조하는 공동체에 받아들여지려면 모두에게 잘 보여야 하니, 너무나 비싼 대가가 아닐 수 없다.

모두에게 잘 보이려 하는 행동은 공동체에 대한 사랑의 징표가 아니라 자기 자신에 대한 사랑이 부족함을 드러낼 뿐이다.

자기 자신을 사랑하고 존중하면 남들에게도 사랑과 존중을 받는다. 남들에게 잘 보이려 애쓸 필요는 없다. 그래봐야 누구에게도 존중받지 못한다.

자신이 하는 행동, 있는 그대로의 자신에 대해 확신을 가진 사람들을 친구로, 동맹자로 삼아야 한다.

똑같은 생각을 하는 사람들을 찾아내라는 말이 아니다. 그대들과 다른 생각을 하고, 그대들의 생각에 무작정 따르지 않는 사람을 찾으라는 말이다.

우정은 사랑의 여러 얼굴 중 하나다. 사랑은 누가 다른 의견을 내놓는다고 하여 흔들리지 않는다. 사랑은 조건 없이 친구를 받아들이고 나름의 방식으로 성장해가도록 지켜본다.

사랑은 타인에게 굴복하는 것이 아니라 타인을 믿는 행동이다.

비싼 대가를 치르면서까지 사랑받으려 노력할 필요는 없다. 사랑은 대가를 요구하지 않는다.

남들 앞에서 잘난 체하며 "예루살렘 전체에서 나보다 더 훌륭하고 관대하고 고결한 사람은 없어"라고 떠드는 사람들을 친구로 삼지 말라.

입장을 결정하기에 앞서 미적대며 사태를 관망하는 사람들이 아니라, 위험을 무릅쓰고라도 당장 결단을 내리는 사람들을 친구로 두어야 한다.

후자는 필요하다면 언제든 방향을 달리해 살아갈 수 있는 자유로운 영혼들이다. 그들은 새로운 길을 개척하고 직접 겪은 모험을 사람들에게 이야기해주면서 도시와 마을을 풍요롭게 한다.

또한, 후자는 자신이 위험한 길로 잘못 들어선 적이 있더라도 그대에게 와서 "넌 절대로 그 길로 가지 마"라고 말하지 않는다.

그저 "전에 길을 잘못 들어 위험했던 적이 있었어"라고 말할 뿐이다.

그대가 그들의 자유를 존중하듯, 그들도 그대의 자유를 존중하기에 함부로 나서지 않는 것이다.

그대가 슬픔에 잠겨 있을 때에만 곁으로 다가와 위로하는 사람들을 멀리하라. 그들은 속으로 이렇게 말하고 있을 것이다. '난 너보다 더 강하고 현명해. 나 같으면 너처럼 행동하지 않았어.'

그대가 행복해할 때 곁에 머무는 사람들을 가까이하라. 그들은 친구를 시기하거나 질투하지 않고 그저 친구가 행복해하는 모습을 보며 기뻐한다.

자신이 그대보다 강하다고 믿는 사람들을 멀리하라. 그들은 자신의 약점을 어떻게든 감추려고 한다.

자신의 약점을 내보이는 것을 꺼리지 않는 사람들을 가까이하라. 그들은 자신감 있는 사람들이다. 누구나 살면서 실수할 수 있다는 것을 아는 사람들이고, 실수를 약점으로 보지 않고 인간미로 보는 사람들이다.

행동보다 말이 앞서는 사람들을 멀리하라. 그들은 그 행동을 함으로써 남들에게 우러름을 받으리라는 확신이 서지 않으면 한 발짝도 나아가지 않는다.

그대가 실수했을 때 "나 같으면 다르게 했을 텐데"라고 말하지 않는 사람들을 가까이하라. 똑같은 실수를 저지른 적이 없으니 비난할 자격도 없음을 아는 사람들이다.

특정한 사회적 지위를 계속 누리기 위해, 혹은 다른 방법으로는 열 수 없는 문을 열기 위해 친구를 찾는 사람들을 멀리하라.

단 하나의 중요한 문, 즉 그대들 마음의 문을 여는 데에만 관심 있는 사람들을 가까이하라. 그들은 그대들이 허락하지 않으면 그대들의 영혼에 함부로 다가오지 않으며, 열어놓은 마음의 문으로 치명적인 화살을 쏘지도 않는다.

우정은 강물과 같다. 강물은 바위들을 빙 돌아 골짜기와 산에 적응하여 흐르다가, 때로 움푹 들어간 곳에 고이기도 한다. 그러다 웅덩이가 차오르면 다시 제 갈 길을 간다.

목적지가 바다임을 강물이 잊지 않듯, 참된 우정은 그 존재 이유가 타인에 대한 사랑임을 잊지 않는다.

"여기까지야. 더는 못 가겠어"라고 말하는 사람들을 멀리하라. 그들은 삶도 죽음도 끝은 없으며 영원의 한 단계일 뿐임을 이해하지 못한다.

"지금 이대로도 괜찮지만 조금 더 가볼 필요가 있어"라고 말하는 사람들을 가까이하라. 그들은 이미 아는 범위를 넘어 계속 나아가야 할 필요가 있음을 아는 것이다.

공동체에서 어떤 결정을 내려야 할 때마다 짐짓 심각한 표정으로 우쭐대며 논쟁을 벌이는 사람들을 멀리하라. 그들은 정치를 안다는 듯, 사람들에게 깊은 인상을 주며 현명한 사람처럼 보이려 애쓴다. 하지만 머리에서 머리카락 한 올이 떨어지는 것을 우리가 통제할 수 없듯이, 온갖 사안들을 전부 자신의 통제 아래 둘 수 없다는 사실을 받아들이지 못하는 사람들이다. 규율에 따른 논쟁도 물론 필요하지만, 때로는 직감에 따를 줄도 알고 예상 밖의 상황에도 대처할 수 있어야 한다.

노래하고 이야기를 들려주고 인생을 즐기는 사람들, 눈빛이 행복으로 반짝이는 사람들을 가까이하라. 행복은 전염성이 있다. 논리는 이미 저질러진 잘못에 대한 원인을 규명하는 데 그치지만, 행복은 언제나 해결책을 찾아낸다.

오해받을까봐 두려워 사랑의 빛을 차단하는 대신, 제한이나 비판, 보상 없이도 사랑의 빛이 환하게 빛나도록 허용하는 사람들을 가까이하라.

기분이 좋든 나쁘든, 아침에 잠자리에서 일어나면 내면의 빛을 발할 준비를 하라.

보는 눈이 있는 사람들은 그대들의 빛을 보고 그 빛에 매료될 것이다.

아무도 자기에게 관심이 없다고 여기며 좀처럼 집밖으로 나오지 않던 젊은 여인이 청했다.

"우아함에 대해 가르쳐주세요."

그러자 광장에 모인 이들이 수군거렸다. "적에게 침략당하기 직전에, 곧 이 도시의 거리마다 유혈이 낭자할 텐데 무슨 저런 질문을 하지?"

하지만 콥트인은 미소를 지었다. 비웃음이 아니라 젊은 여인의 용기를 높이 사는 미소였다.

그리고 그는 대답하였다.

우아함은 피상적인 것이고 외모에 국한되는 것으로 잘못 알려져 있다. 진실과는 한참 거리가 먼 것이다. 같은 문자로 적혀 있는데도 어떤 단어들은 우아하고, 어떤 단어들은 남의 가슴을 후비고 상처를 낸다. 초원의 풀 사이에 숨어 있어도 꽃은 우아하다. 가젤은 달릴 때도 우아하고 사자에게 쫓길 때도 우아하다.

우아함은 외면의 특성이 아니라 남들 눈에 보이는 영혼의 일부이다.

두 연인 사이에 열정이 활활 타오를 때에도, 우아함이 있기에 두 연인을 묶는 끈이 끊어지지 않는 것이다.

어떤 옷을 입느냐가 아니라 옷을 어떻게 입느냐에 따라 우아함이 결정된다.

칼을 잘 휘두르느냐가 아니라 전쟁을 피할 수 있게끔 대화를 잘 끌어가느냐에 따라 우아함이 결정된다.

군더더기를 모두 덜어내고 단순함과 집중에 초점을 맞추면 우아함을 얻을 수 있다. 자세가 단순할수록 더 좋고, 수수할수록 더 아름답다.

단순함이란 무엇일까? 단순함은 인생의 진정한 가치와 맞닿아 있다.

하늘에서 내린 눈이 고운 이유는 한 가지 색깔이기 때문이다.

바다가 멋진 이유는 표면이 고르기 때문이다.

사막이 아름다운 이유는 모래와 바위만으로 이루어져 있기 때문이다.

그러나 하나하나를 좀더 면밀히 들여다보면, 그것들이 얼마나 심오하고 완전한지를 알게 되고 그 귀함을 깨닫게 된다.

삶에서는 가장 단순한 것이 가장 훌륭한 것이기도 하다. 단순한 것들은 스스로 그 가치를 드러낸다.

들판에 핀 백합은 특별히 화려하게 치장하지 않는데도 가장 영광스러운 시절의 솔로몬 왕보다 멋스럽다.

마음이 단순해질수록 자유로이, 두려움 없이 사랑할 수 있다. 사랑을 할 때는 대담해질수록 몸짓 하나하나에서 우아함이 배어 나온다.

우아함은 고급스러운 취향의 문제가 아니다. 각 문화에는 아름다움에 관한 나름의 개념이 있는데, 우리의 개념과는 완전히 다를 때가 종종 있다.

그러나 모든 종족, 모든 사람은 대개 비슷한 가치들을 우아함과 연관짓는다. 친절한 대접, 존경, 예의범절이 바로 그것이다.

오만은 증오와 시기를 유발하지만, 우아함은 존경과 사랑을 불러일으킨다.

오만한 이는 주변 사람들에게 굴욕감을 주지만, 우아한 이는 빛 속을 걸어다닌다.

오만한 이는 지성을 선택된 소수만의 것이라 여기며 말을 복잡하게 꼬아서 하지만, 우아한 이는 복잡한 생각도 모두가 이해할 수 있는 쉬운 말로 풀어서 한다.

스스로 선택한 길을 걸을 때 우리는 우아하게 빛을 뿜으며 걸어간다.

내딛는 걸음걸음은 확고하고, 눈빛은 예리하며, 움직임은 아름답다. 우아함이 우리를 보호할 것이기에, 고난의 시기에도 적들은 우리에게서 약함의 흔적을 볼 수 없을 것이다.

특별히 애쓰지 않아도 사람들은 우아함을 알아보고 숭배한다.

오직 사랑만이 우리가 꿈조차 꿀 수 없었던 것에 형태를 부여한다.

그리고 우아함만이 그 형태를 겉으로 드러내 보인다.

아침마다 일찌감치 일어나 도시 외곽의 초원으로 양떼를 몰고 가는 일을 해온 남자가 말했다.
"당신은 배운 게 많아 그렇게 아름다운 어휘들로 말할 수 있겠지만, 우리는 가족을 부양하기 위해 일을 해야 합니다."

이에 그가 대답하였다.

아름다운 어휘들로 말하는 이는 시인들이다. 언젠가는 누군가 시인의 말을 글로 적을 것이다.

나는 잠들어, 삶은 그저 행복이라는 꿈을 꾸었네.
깨어보니 삶은 의무였네.
의무를 다하고 보니 삶은 행복이었네.

일은 사람들을 결속시키는 사랑의 표현이다.

일을 하면서, 우리는 다른 사람들 없이는 살아갈 수 없으며, 그들 또한 우리가 필요하다는 사실을 깨닫는다.

일에는 두 가지 종류가 있다.

첫째는 생활을 위해 의무적으로 하는 일이다. 이 경우, 사람들은 시간을 팔아 돈을 벌지만 훗날 그 시간을 돈으로 되살 수 없음을 깨닫지 못한다.

그들은 언젠가 쉬게 될 날을 꿈꾸며 일생을 보낸다. 마침내 그런 날이 왔을 때 그들은 너무 늙어 인생을 제대로 즐길 수 없다. 그런 사람들은 그렇게 살아온 것이 자기 책임이 아니라고 여기며 이렇게 말한다. "나는 어쩔 수가 없었어."

둘째, 마찬가지로 생활을 위한 것이기는 하지만 타인에 대한 헌신과 사랑을 충실히 이행하는 일이 있다.

이런 종류의 일을 우리는 '봉헌'이라고 칭한다. 가령 두 사람이 같은 재료를 사용해 같은 요리를 한다고 하자. 한 사람은 요리에 사랑을 쏟고 다른 한 사람은 그저 배나 채울 수 있으면 그만이라는 생각으로 요리를 한다. 사랑은 눈에 보이지도 않고 무게를 달 수도 없지만, 결과적으로 두 사람이 만들어낸 요리는 확연히 다르다.

봉헌을 하는 사람은 언제나 보상을 받는다. 일에 애정을 쏟을

수록 그에게선 더 큰 애정이 솟아난다.

'신성한 힘'이 우주에 생명을 불어넣을 때, 모든 행성과 항성, 바다와 숲, 골짜기와 산이 창조 과정에 참여할 기회를 부여받았다. 인류도 마찬가지였다.

그런데 어떤 사람들은 이렇게 말했다. "참여하고 싶지 않습니다. 잘못된 것을 바로잡거나 불의를 벌하는 일은 할 수가 없거든요."

어떤 사람들은 이렇게 말했다. "저는 땀 흘려 밭에 물을 대고 농사를 지을 것입니다. 그것이 창조주를 찬양하는 저만의 방식이니까요."

그때 악마가 다가와 달콤하게 속삭였다. "네가 하는 일은 저 바위를 언덕배기까지 계속 밀고 올라가는 것과 같아. 언덕배기에 올라가면 바위는 다시 언덕 아래로 굴러내려간다구."

악마의 말이 옳다고 여긴 사람들이 말했다. "삶이란 똑같은 일을 되풀이하는 게 전부구나."

악마의 말이 옳지 않다고 여긴 사람들은 이렇게 말했다. "그렇다면 나는 그 바위를 사랑할 겁니다. 꼭대기까지 밀고 올라가는 동안 늘 사랑하는 바위 곁에 있을 수 있으니 얼마나 좋습니까."

봉헌은 무언의 기도이다. 다른 기도와 마찬가지로 봉헌에도 규율이 필요하지만, 아무 생각 없이 노예처럼 따르는 규율이 아니라 자유 의지로 선택한 규율이어야 한다.

"운명은 나한테 늘 불공정했어. 남들은 꿈을 좇으며 사는데, 난 여기서 꾸역꾸역 일하며 겨우 먹고살고 있으니."

운명은 아무에게도 불공정하지 않다. 자기 일을 사랑하는 것도 미워하는 것도 모두 자신의 선택인 것이다.

사랑을 하게 되면 우리는 일상적인 행위에서도 기쁨을 느끼게 된다. 어느 날 문득 꿈을 찾아 길을 떠난 사람들이 느끼는 것과 같은 종류의 기쁨이다.

자기가 하는 일이 얼마나 중요하고 위대한지 아는 사람은 아무도 없다. 바로 거기에 봉헌의 신비와 아름다움이 있다. 일이란 우리에게 맡겨진 사명이므로 우리는 그 일이 자신의 사명임을 믿고 이행해야 한다.

씨앗을 심은 일꾼은 태양에게 "오늘 아침에는 더 쨍쨍하게 빛나라"고 말하지 않는다. 구름에게도 "오늘 저녁에는 비를 내려라"고 말하지 않는다. 밭을 갈고, 씨를 뿌리고, 참을성 있게 지켜보며 해야 할 일을 할 뿐이다.

농사를 망치면 일꾼은 그동안 헛수고를 했다는 생각에 절망한다. 꿈을 찾아 길을 떠났던 모험가도 자신의 결정을 후회하는 순간이 있는데, 그럴 때는 그만 집으로 돌아가 생활에 충분한 벌이가 되는 일거리를 찾고 싶은 마음이 든다.

그러나 다음날이 되면 농사꾼의 마음에도, 모험가의 마음에도 다시금 행복감과 자신감이 차오른다. 그러니 그들은 언젠가 봉헌의 열매를 볼 것이고 기쁨을 누릴 것이다.

그들은 같은 노래를 부르고 있다. 자신에게 맡겨진 일을 성실히 수행하며 부르는 기쁨의 노래다.

양치기가 없으면 시인은 굶어 죽는다. 시인이 만든 노래를 부를 수 없으면 양치기는 슬픔으로 죽고 만다.

봉헌을 통해 그대들은 다른 이들이 그대들을 사랑하도록 허락하는 것이다. 그리고 그렇게 사랑을 바치며, 그대들은 사랑하는 법을 가르치는 것이다.

일에 대해 말했던 남자가 다른 질문을 던졌다.
"어째서 어떤 사람들은 남들보다 운이 좋은 겁니까?"

이에 그가 대답하였다.

남들에게 인정을 받아야만 성공한 것은 아니다. 성공이란 그대들이 애정을 기울여 심은 씨앗에서 나온 열매다.

일에 애정을 쏟아왔다면 수확기가 됐을 때 이런 생각이 들 것이다. '난 성공했어.'

그저 살아남기 위해서가 아니라 다른 이들에게 사랑을 나눠주려 일한 것인 만큼, 자기 일을 제대로 존중하는 데 성공한 것이다.

곳곳에 숨은 함정들을 예측하진 못했지만 그대들은 일을 잘 끝맺었다.

그 과정에서 온갖 힘든 일들을 겪으며 열정이 식어버리자 규율에 의지했고, 너무 지쳐 규율마저 소용없게 되자 잠시 휴식을 취하며 앞으로 어떤 조치를 취하는 것이 좋을지 생각했다.

위험을 감수하는 삶을 택한 이상 겪을 수밖에 없는 패배로 인해 무기력해지지 않았다. 생각대로 잘 되지 않았다고 해서 손해 난 부분에 대해 계속 고민하며 시간을 탕진하지도 않았다.

아직은 정해놓은 목표에 도달하지 않았기에 영광의 순간을 경험하면서도 도취되어 멈추지 않았다.

남에게 도움을 청해야 할 때가 왔을 때 그것을 창피하다 여기지 않았다. 누군가 도움을 청했을 때 비결이 알려질까, 남에게 이용당할까 두려워하지 않고 그동안 배운 것을 모두 알려주었다.

두드리는 자에게 문은 열릴 것이다.

청하는 자는 답을 구할 것이다.

위로하는 자에게는 언젠가 위로가 주어질 것이다.

기대하는 시기에 맞춰 위와 같은 일들이 일어나지 않을 수도 있지만, 그동안 그대들이 남들에게 너그럽게 베푼 애정이 열매 맺는 시기가 조만간 올 것이다.

성공은 자신의 일을 남들과 비교하며 시간 낭비를 하지 않는 사람들에게 찾아간다. 성공은 매일 "나는 최선을 다할 거야"라고 말하는 사람의 집으로 찾아간다.

성공만을 좇는 사람은 오히려 성공하기 어렵다. 성공은 그 자체가 목적이 아니라, 최선을 다해 살다보면 주어지는 결과이기 때문이다.

강박은 성공을 일구는 데 전혀 도움이 되지 않는다. 강박적으로 일하다보면 어느 길로 가야 할지 혼란에 빠지고 삶의 기쁨도 느끼지 못하게 되기 때문이다.

우리 도시의 남쪽에 있는 언덕만큼 어마어마한 금을 소유한 사람이라고 해서 마음까지 부유하지는 않다. 매 순간 사랑의 힘을 느끼며 사는 사람이야말로 진정한 부자다.

나름의 목표를 가지고 살아야 하지만, 잠시 걸음을 멈추고 주위 풍경을 즐긴다고 해서 크게 잘못되지는 않는다. 앞으로 한 발 한 발 나아갈수록 멀리까지 내다볼 수 있게 되고, 예전에는 보이지 않던 것들이 눈에 들어오게 된다.

그럴 때 그대들은 자신에게 이렇게 물어야 한다. "나의 가치관은 여전한가? 남들을 만족시키려고 남들이 기대하는 대로만 살고 있지는 않은가? 나는 내 일이 내 영혼과 열정의 표현임을 진심으로 확신하는가? 나는 다른 것을 다 희생하고라도 오직 성공만을 원하는가, 아니면 매일을 사랑으로 채워가는 성공을 원하는가?"

금고에 황금을 가득 채워넣는 것이 아니라 인생을 풍요롭게 사는 것이 바로 진정으로 성공한 삶이다.

어떤 사람은 이렇게 말한다. "나는 돈으로 씨앗을 사서 뿌리고 가꾸고 수확하여 창고에 곡물을 가득 채우고 풍요롭게 살 거야." 그러나 죽음이 찾아오면 그 사람이 쏟았던 노력은 물거품이 되고 만다.

그러니 귀가 있는 사람은 잘 들으라.

남들보다 빨리 가려고만 하지 말고 땅을 더욱 비옥하게 하고 풍경을 더욱 아름답게 만드는 행동을 하며 나아가야 한다.

때가 무르익지도 않았는데 무조건 서두르지 말아야 한다. 심어놓은 나무에 과일이 열렸다고 설익은 것을 너무 일찍 따버리면, 먹는 이에게 아무런 기쁨도 주지 못한다. 반대로 두려워서든 불안해서든 열매를 따 봉헌해야 할 시기를 너무 미뤄버리면, 열매는 썩어버리고 만다.

그러니 파종에서 수확까지의 시간을 존중해야 한다.

변화의 기적이 일어날 때까지 참고 기다려야 한다.

밀이 화덕에 들어가 익기 전에는 빵이 될 수 없다.

단어들이 잘 어우러져 입에서 나오기 전까지는 시가 될 수 없다.

사람의 손이 실을 잣기 전에는 천이 만들어질 수 없다.

때가 되어 그대들이 수확한 열매, 즉 봉헌물을 보여주면 사람들은 놀라서 이런 말을 주고받을 것이다. "다들 이 사람이 노력하여 얻은 열매를 원하니 성공한 사람이로군."

열매를 맺기까지 얼마나 애를 썼느냐고 묻는 사람은 없을 것이다. 사랑으로 자기 일을 하는 사람은 누구나 눈에 보이지 않는 엄청난 노력을 쏟기 때문이다. 큰 힘을 들이지 않고 하늘을 나는 곡예사처럼, 성공은 자연스럽게 그대들을 찾아온다.

그래도 누군가 구태여 묻는다면 대답할 것이다. "한때는 저도 포기하고 싶었습니다. 신께서 더이상 제 말에 귀기울이지 않으신다는 생각이 들 때도 있었고, 방향을 바꾸면서 길을 잃을 때도 있었습니다. 그럼에도 다시 마음을 다잡고 나아간 것은 이 길 외에 다른 길은 없다는 확신이 있었기 때문입니다. 이렇게 성공을 하고 보니, 힘들다고 쉽게 포기하고 왔던 길을 되돌아가면 안 된다는 것을 알았습니다."

우리는 저마다 시인이고 농부이고 예술가, 병사, 아버지, 무역상, 상인, 배움을 전파하는 사람, 정치가, 현자, 가정과 자녀를 돌

보는 사람이다.

  우리보다 유명한 사람들은 많다. 진실로 훌륭해서 유명해진 사람들도 있지만, 허영이나 야망이 빚어낸 거짓 유명세인 경우도 있는데, 후자는 오랜 세월을 버티지 못한다.

  그렇다면 성공한 삶이란 어떤 삶일까?

  매일 밤 평화로운 마음으로 잠자리에 들 수 있으면 성공한 삶이다.

천사들과 대천사들로 이루어진 군대가 천국에서 내려와 이 신성한 도시를 지켜주리라 믿는 알미라가 청했다.
"기적에 대해 말씀해주세요."

이에 그가 대답하였다.

기적이란 무엇일까?
기적에 대해서는 여러 가지로 정의할 수 있을 것이다. 자연의 법칙을 거스르는 현상, 큰 위기의 순간에 찾아오는 구원의 손길, 치유와 환상, 만날 수 없으리라 여겼던 이와의 만남, 죽음의 문턱에서 살아남는 일.

이런 정의가 틀리다고는 할 수 없지만, 기적은 그 이상의 개념이다. 우리의 마음을 불현듯 사랑으로 채우는 것, 그것이 바로 기적이다. 기적이 일어날 때 우리는 신께서 베풀어주신 은총에

깊은 경외를 느낀다.

신이시여, 오늘도 우리의 일상에 기적을 베푸소서.

위대한 업적과 정복에 시선을 뺏겨 기적이 일어났음을 알아채지 못하더라도, 일상의 삶에 매몰되어 기적이 우리의 삶의 길을 바꾸었음을 인지하지 못하더라도, 우리에게 기적을 베푸소서.

슬픔에 잠겨 있을 때에도 우리가 주변의 삶에 눈감지 않게 도와주소서. 피어나는 꽃, 하늘에 반짝이는 별을 보게 하시고, 멀리서 들려오는 새의 노랫소리, 근처 어딘가에서 들려오는 어린아이의 목소리를 듣게 하소서.

어떤 것들은 너무도 중요해서 다른 이의 도움 없이 우리 스스로 찾아내야 한다는 점을 깨닫게 하소서. 위험천만한 심연에 가까이 다가갈 때에도, 항상 우리 곁에 계시는 당신께서 우리를 구원해주실 것이니, 우리는 홀로 무력한 존재가 아님을 알게 하소서.

아무리 두려워도 계속 나아갈 수 있도록, 아무리 세세히 이유를 알고 싶어도 불가해한 일을 그저 조용히 받아들일 수 있도록 도와주소서.

사랑은, 늘 같은 모습으로 변화를 거부하기 때문이 아니라 계속 변화하기 때문에 오래도록 지속되는 것임을, 사랑의 힘은 그

모순됨에 있음을 깨닫게 하소서.

또한 겸손한 이들의 지위가 드높아지고 오만한 이들의 지위가 낮아지는 광경을 볼 때마다 우리가 기적을 목격하고 있음을 깨닫게 하소서.

피곤에 지쳐도 마음의 힘으로 계속 걸어갈 수 있음을, 마음마저 지치면 믿음의 힘에 의지해 나아갈 수 있음을 알게 하소서.

사막의 모래들 가운데서 다름의 기적을 볼 수 있게 도와주시고, 자신을 있는 그대로 받아들일 수 있는 용기를 주소서. 사막의 모래들이 똑같아 보여도 전부 다르듯, 사람은 누구나 생각하고 행동하는 바가 다름을 깨닫게 하소서.

겸손한 마음으로 우러름을 받게 하시고, 기쁜 마음으로 베풀게 도와주소서.

지혜는 남에게서 얻은 대답이 아니라 우리 삶을 풍요롭게 하는 신비로운 질문들 속에 있음을 깨닫게 하소서.

우리는 운명에 대해 거의 알지 못하니, 안다고 착각하는 얄팍한 지식에 얽매이지 않게 도와주소서.

우리가 대담함, 우아함, 사랑, 우정의 네 가지 덕목을 갖추고 바른 행동을 할 수 있도록, 운명으로 하여금 우리를 이끌게 하소서.

신이시여, 오늘도 우리의 일상에 기적을 베푸소서.

산꼭대기에 오르는 길이 다양하듯, 우리가 목표에 이르는 길 또한 다양합니다. 걸어갈 가치가 있는 유일한 길, 사랑을 발견할 수 있는 길을 알아내도록 도와주소서.

우리가 타인의 마음에 담긴 사랑을 일깨우기 전에 먼저 우리 안에 잠든 사랑을 일깨우게 하소서. 그것이 모두의 애정과 열정과 존경을 불러일으킬 수 있는 길임을 알게 하소서.

자발적으로 나서는 전투, 의지에 반해 억지로 떠밀려 참여하게 된 전투, 운명이 정해놓은 것이라 피할 수 없는 전투를 구별할 수 있도록 도와주소서.

하루하루가 결코 같지 않음을 알아볼 수 있게 해주소서. 날마다 다른 기적이 일어나고 있기에 우리가 계속 숨쉬고 꿈꾸며 태양 아래 걸을 수 있는 것임을 알게 하소서.

친구의 입에서 불쑥 튀어나오는 적절한 조언을 우리가 귀담아듣게 하소서. 특별히 조언을 청하지도 않았고, 그 친구가 그 순간 우리 영혼의 상태에 대해 잘 알지 못한다고 해도 우리가 그의 말을 경청하게 하소서.

우리가 입을 열 때 사람의 말뿐 아니라 천사들의 말도 함께 전하게 하소서. 그리고 이렇게 말하게 하소서. "기적은 자연의 법칙을 거스르는 현상이 아닙니다. 우리가 자연의 법칙을 잘 모르기 때문에 그리 생각하는 것뿐입니다."

그리고 우리가 고개 숙여 존경을 표하며 이렇게 말하게 하소서. "제가 눈멀었으나 이제 앞을 봅니다. 제가 말을 못했으나 이제 말을 합니다. 제가 귀먹었으나 이제 듣습니다. 신께서 제 안에 기적을 일구셨으니, 제가 잃었다고 생각했던 모든 것들이 되돌아왔습니다."

기적은 장막을 치우고 모든 것을 변화하게 하지만, 장막 뒤에 무엇이 있는지는 우리에게 보여주지 않는다.

기적은 우리가 죽음의 음산한 골짜기를 탈 없이 지나도록 해 주지만, 어느 길로 가야 기쁨과 빛의 산으로 갈 수 있는지는 알려주지 않는다.

기적은 부술 수 없는 단단한 자물쇠로 잠긴 문을 열지만, 열쇠를 사용하지 않는다.

기적은 외롭지 않도록 태양 주위에 행성들을 배열하되, 지나치게 태양에 가까워져 잡아먹히지 않도록 거리를 유지하게 한다.

기적은 노동을 통해 밀이 빵으로 변하게 하고, 인내를 통해 포도가 포도주로 변하게 하며, 꿈의 부활을 통해 죽음이 생명으로 변하게 한다.

그러니 신이시여, 오늘도 우리의 일상에 기적을 베푸소서.
우리가 기적을 매번 알아보지 못하더라도 용서해주소서.

도시 성벽 너머에서 들려오는 적군의 구호 소리를 듣고 있던 한 남자가 가족들을 걱정하며 말했다.
"불안에 대해 말씀해주세요."

이에 그가 대답하였다.

불안이 꼭 나쁜 것만은 아니다.

우리는 신의 시간을 마음대로 할 수 없으면서도, 인간이기에 원하는 것을 가급적 빨리 얻고 싶어하고, 두려움을 불러일으키는 것을 최대한 멀찌감치 밀어두고 싶어한다.

어린아이일 때부터 삶에 무심해지는 나이가 될 때까지 줄곧 그러하다. 현재에 몸담고 살아가는 한, 우리는 누군가를 혹은 무언가를 늘 애타게 기다린다.

열정 가득한 심장에게 어떻게 가만히 있으라고 하겠는가. 긴

장과 두려움과 대답할 수 없는 질문들을 버리고 어떻게 고요히 창조의 기적을 관조하라고 하겠는가?

불안은 사랑의 일부이므로 불안해한다고 비난할 수는 없다.

꿈을 실현하기 위해 가진 재산을 전부 쏟아부으며 평생을 바쳤으나 아직 아무런 성과도 얻지 못한 사람에게 어떻게 걱정하지 말라는 말을 쉽게 할 수 있겠는가? 농부는 열매를 빨리 따고 싶지만 계절의 순환이 빨리 이루어지도록 할 수는 없으니, 다가오는 가을과 수확기를 참을성 있게 기다린다.

전투를 앞둔 전사에게 어떻게 걱정하지 말라고 쉽게 말할 수 있겠는가?

전사는 전장에 나가 싸우게 될 순간을 위해 기진맥진할 때까지 훈련을 했고 최선을 다했다. 그는 나가 싸울 준비가 되었다고 믿으면서도, 노력해온 보람도 없이 패배하게 될까봐 두려워한다.

인간의 탄생과 함께 불안도 태어난다. 불안을 완전히 제어하는 것은 불가능하므로, 우리는 불안과 더불어 살아가는 법을 배워야 한다. 폭풍우와 더불어 살아가는 법을 배우듯이.

불안과 더불어 살아가는 법을 배우지 못한 사람에게 삶은 악몽이다.

하루를 이루는 매 시간들, 감사히 여겨야 마땅할 그 시간들이 그들에게는 저주다. 그들은 죽음과의 만남을 재촉하는 것인 줄도 모르고 시간이 빨리 흐르기를 바란다.

그리고 그들이 불안을 떨치기 위해 하는 일은 결국 불안을 더욱 키우고 만다.

아들이 집으로 돌아오기를 기다리는 어머니는 아들에게 일어났을지도 모를 최악의 상황을 상상하기 시작한다.

사랑에 빠진 사람은 생각한다. '그이는 내 것이고 나는 그이 것이야. 그런데 큰길에서 막상 그를 찾으려니까 찾을 수가 없었어.' 모퉁이를 돌 때마다 만나는 사람들에게 그가 어디 있는지를 묻지만 답을 들을 수 없으니 연인에 대한 일상의 염려는 절망으로 바뀌고 만다.

노력의 결실을 거두려 기다리는 동안 일꾼은 다른 일들을 하며 바쁘게 지내려 애쓴다. 그런데 그 일들에 대한 결과를 또 기다리게 되니, 얼마 지나지 않아 각각의 일에 대한 소소한 불안들이 모여 큰 불안이 되고, 하늘도 별도 자녀들의 노는 모습도 더 이상 눈에 들어오지 않는다.

어머니와 연인, 일꾼은 모두 자기 삶을 제대로 살기보다는 부정적인 상황을 예상하며 시간을 보내는 것이다. 그들은 소문에 귀를 세우고, 이 하루가 도저히 끝날 것 같지 않다고 힘겨워한

아크라 문서

다. 그리고 친구들과 가족들, 동료들에게 사뭇 공격적이 되어간다. 지나치게 많이 먹거나 거의 먹지 않는 등 식생활도 엉망이 된다. 밤이면 베개를 베고 누워서도 잠을 이루지 못한다.

영혼의 눈에만 보이는 불안의 장막이 그들에게 드리운 것이다.

영혼의 눈 역시 피로로 침침해진다.

그 시점에서 인간 최대의 적이 찾아든다. 바로 강박이다.

강박이 다가와 말한다.

"너의 운명은 이제 내 것이다. 나는 네가 일어나지도 않을 일들을 예상하며 계속 불안에 떨게 만들겠다.

네가 삶에서 느끼는 기쁨도 이제 내 것이다. 이제부터 내가 네 안의 열정을 몰아내고 그 자리를 차지할 것이니, 네 마음은 평안을 알지 못할 것이다.

이제 너의 세상은 공포로 가득할 것이다. 너는 항상 두려움을 느끼겠지만 이유를 알지 못할 것이다. 알 필요도 없다. 너는 늘 겁을 내면서 공포에 먹이를 주어 살찌우기만 하면 된다.

한때는 신께 바치는 봉헌이었던 너의 일도 내가 이미 장악했다. 너는 지나치게 자신을 혹사해가며 일하면서도 칭찬에 미소 짓고 감사하다 말하니, 다른 이들은 너를 일터의 좋은 본보기라고 말할 것이다.

그러나 너의 마음속에서 나는 말할 것이다. 네 일은 이제 내 것이고, 그 일을 이용해 너를 세상 모든 것, 모든 이들과 멀어지게 만들겠다고. 너는 네 친구들과 아들은 물론, 너 자신과도 멀어지게 될 것이다.

더 열심히 일해라. 그러면 생각 따윈 할 필요가 없을 것이니, 제대로 된 삶을 살 수 없을 만큼 필요 이상으로 고되게 일해라.

한때는 '신성한 힘'의 발현이었던 네 사랑도 이제 내 것이다. 내가 네 마음속에서 '조심해, 그녀는 널 떠나 다시는 돌아오지 않을 거야'라고 불안감을 조성할 테니, 네 연인이 당분간 너를 떠나지 않더라도 오래 머물지는 못할 것이다.

한때는 자기 자신의 길을 찾아 걷던 네 아들도 이제 내 것이다. 나로 인해 너는 불필요한 걱정들로 아들을 꽁꽁 묶어, 모험을 추구하고 위험을 감수하려는 아들의 성향을 망쳐놓게 될 것이다. 네가 못마땅해할 때마다 아들은 괴로워하면서, 너의 기대치에 부응하지 못했다는 생각에 죄스러워할 것이다."

불안이 삶의 일부이기는 하나, 불안에 잠식되지는 말아야 한다.

불안이 지나치게 가까이 오면 이렇게 말하라. "신께서 나를 기다리고 계시므로 나는 내일이 두렵지 않아."

죽기 살기로 일을 많이 하며 사는 삶이 생산적인 삶이라고, 불안이 설득하려 들면 이렇게 말하라. "영감을 받고 내 일을 더 잘 할 수 있으려면 하늘의 별을 올려다볼 여유가 있어야 해."

불안이 굶주림의 유령으로 그대를 위협하면 이렇게 말하라. "사람은 빵으로만 사는 것이 아니야. 신의 입에서 쉼없이 흘러나오는 말씀이 있어야 해."

사랑하는 사람이 그대 곁으로 돌아오지 않을 거라고, 불안이 속삭이면 이렇게 말하라. "내 연인은 나의 것이고 나는 그녀의 것이야. 그녀는 양떼들에게 풀을 먹이려고 강가의 초원에 가 있어. 멀리서도 그녀의 노랫소리가 들려. 집으로 돌아오면 그녀는 피곤해하면서도 기분이 좋을 거야. 나는 그녀를 위해 음식을 만들고 잠든 그녀의 곁을 지킬 거야."

그대가 베푼 사랑을 아들이 우습게 안다고 불안이 속삭이면 이렇게 말하라. "지나친 경고는 영혼과 마음을 망쳐. 살아가려면 용기가 필요하고, 용기는 늘 사랑으로 귀결되지."

이렇게 불안을 멀찌감치 떨어뜨려놓아야 한다.

불안은 완전히 사라지진 않지만, 우리를 노예로 만들려는 것들을 사로잡아 우리가 그 주인이 될 수 있음을 깨닫는다면 인생의 큰 지혜를 얻는 것이다.

한 젊은이가 청했다.
"미래에 무슨 일이 일어날지 말씀해주십시오."

이에 그가 대답하였다.

우리 모두는 미래에 무슨 일이 일어날지 알고 있다. 바로 죽음의 방문이다. 죽음은 경고도 없이 갑자기 들이닥쳐 우리에게 "그만 가자"고 말한다.

아무리 죽음을 거부하려 해도 우리 마음대로 할 수는 없다. 죽음을 앞두고 과거를 돌아보면서 '내가 충분한 사랑을 주었을까?'라는 질문에 답한다고 가정해보자. 아마도 가장 큰 기쁨을 느끼거나 가장 깊은 슬픔을 느끼게 될 것이다.

우리는 사랑을 해야 한다. 타인에 대한 사랑만을 의미하는 게 아니다. 기적, 승리와 패배, 그리고 살아서 지상을 거니는 동안 우리에게 날마다 일어나는 모든 일들에 대해 마음을 여는 것이 바로 사랑이다.

우리의 영혼을 지배하는 것은 보이지 않는 네 가지 세력, 즉 사랑, 죽음, 힘, 시간이다.

신에게 사랑받고 있으므로 우리는 사랑을 해야 한다.

인생을 완전하게 이해하려면 불청객인 죽음을 의식해야 한다.

성장하려면 분투해야 하지만, 그 와중에 얻게 된 힘에 빠져들지 않아야 한다. 그런 힘은 가치가 없기 때문이다.

마지막으로, 우리의 영혼은, 아무리 영원하다 해도, 지금은 가능성과 한계로 이루어진 시간의 거미줄에 붙들려 있음을 받아들여야 한다.

우리의 영혼이 품은 꿈, 그리고 열정은 어느 날 갑자기 불쑥 생겨난 것이 아니다. 순수한 사랑이며, 우리의 행복만을 바라는 존재가 우리 내면에 가져다놓은 것이다. 그 존재는 우리가 꿈과 열정을 깨달을 수 있도록 도구까지 함께 주었다.

힘든 시기를 겪고 있는 이는 이 점을 기억하라. 큰 전투에서는 몇 번 졌지만 그대들은 결국 살아남아 이 자리에 있다.

그것이 바로 승리다. 그러니 행복한 얼굴로, 계속 나아갈 수 있는 능력을 축하하라.

밭과 초원에, 대도시의 거리에, 사막의 모래언덕에 넉넉하게 사랑을 쏟아부어라.

가난한 사람들에게 관심을 가져라. 그들을 통해 자선의 미덕을 펼칠 수 있다.

그 누구도 아무것도 믿지 않는 부자들, 창고를 곡물로 가득 채우고 금고에 황금이 가득한데도 외로움을 쫓아내지 못하는 부자들에게도 관심을 가져라.

사랑을 보여줄 기회를 놓치지 말라. 그동안은 상처받을까 두려워 너무 조심만 해왔으니, 특히 그대들 가까이 있는 사람들에게 그리해야 한다.

사랑하라. 그대들이 첫 수혜자가 될 것이다.

처음에는 '저들은 내 사랑을 이해해주지 않아'라고 생각하겠지만, 시간이 지나면 주위 사람들이 그대들에게 보답할 것이다.

사랑은 이해받을 필요가 없다. 그저 보여주기만 하면 된다.

미래에 그대들에게 무슨 일이 일어날지는 그대들이 얼마만큼의 사랑을 베푸느냐에 전적으로 달려 있다.

그러려면 자신이 하는 일에 절대적이고 완전한 확신을 가져야 한다. 남들이 "저 길이 더 나아"라든가 "저 방법이 더 쉬워"라고 말하며 그대들 대신 판단을 내리게 해서는 안 된다.

우리가 신에게 받은 가장 큰 선물은 바로 스스로 결정을 내리는 힘이다.

하고 싶은 일은 그저 꿈일 뿐 실제로 해내는 것은 불가능하다는 말을 우리는 어렸을 때부터 듣고 자랐다. 세월이 흐르면서 우리의 편견, 두려움, 죄책감도 그만큼 쌓였다.

이제 그런 편견, 두려움, 죄책감에서 벗어나라. 내일이나 오늘 밤이 아니라, 지금 당장 벗어나라.

앞서 말했듯이, 꿈을 찾는다는 이유로 모든 것을 버리고 떠나면 사랑하는 사람들에게 상처를 줄 것이라 생각하는 이들이 많다.

그러나 우리를 정말로 아끼는 사람들이라면 우리가 행복하기를 바란다. 물론 그들은 우리가 하려는 일을 전부 이해하지는 못하므로, 처음에는 위협과 경고, 눈물로 어떻게든 우리를 말리려 할 것이다.

모험에 나서는 우리의 나날은 낭만으로 가득해야 한다. 세상에는 낭만이 필요하기 때문이다. 말 등에 올라타면 얼굴을 스치는 바람을 느끼며 자유를 만끽하라.

하지만 갈 길이 멀다는 점을 잊지 말아야 한다. 낭만에만 취해 있다보면 말에서 떨어질지도 모른다. 말과 함께 가끔 휴식을 취하지 않으면 말이 갈증이나 극심한 피로로 죽을 수도 있다.

바람에 귀를 기울이되, 말에게도 신경써야 한다.

모든 상황이 순조롭고 꿈이 손에 잡힐 듯할 때 정신을 바짝 차려야 한다. 꿈을 거의 잡게 된 순간에 심한 죄책감이 밀려들기 때문이다.

그대들이 곧 도달하게 될 그곳에 발을 디딘 이가 거의 없기 때문에, 그대들은 인생이 주는 이런 큰 선물을 정말 받아도 되는지 의심하게 된다.

그동안 뛰어넘은 장애물들, 겪어온 고생과 희생을 다 잊고서 말이다. 그런 죄책감 때문에 오랫동안 쌓아올린 모든 것을 무의식적으로 파괴하려 한다.

이 순간 승리를 포기하는 것이 마치 고결한 행동인 듯 느껴지기 때문인데, 실은 이것이 가장 위험한 장애물이다.

오래도록 갈망해온 그것을 받을 자격이 자신에게 충분하다는 것을 깨달았다면, 이제 그곳에 혼자만의 힘으로 이른 것이 아니라는 사실 또한 깨달아야 한다. 그리고 줄곧 이끌어준 신의 손길에 경의를 표해야 한다.

자신이 지나온 걸음걸음을 존중할 줄 아는 사람만이 자신의 가치를 인정할 수 있다.

무리 중에 글을 쓸 줄 아는 이가 있어, 콥트인이 말한 내용을 열심히 받아 적고 있었다. 잠시 손을 쉬면서 그는 자신이 무아지경에 빠져 있음을 깨달았다. 이 광장도, 지친 얼굴들도, 조용히 귀기울이고 있는 종교인들도 모두 꿈의 일부인 듯했다.

 그는 자신이 경험하고 있는 이 순간이 현실임을 확인하고자 입을 열어 청했다.

 "충심에 대해 말씀해주십시오."

이에 *그*가 대답하였다.

충심은 아름다운 도자기 꽃병을 파는 상점에 비유할 수 있다. 우리는 사랑에게 받은 열쇠로 그 상점의 문을 열 수 있다.

이 상점의 꽃병들이 아름다운 이유는 사람들, 빗방울들, 산비탈에 잠든 바위들처럼 모두 다르기 때문이다.

때로는 오래돼서 혹은 뜻밖의 상태 불량으로 인해 꽃병들을 얹어놓은 선반이 떨어지는 경우도 있다. 이런 일이 생기면 상점 주인은 생각한다. '이 꽃병들을 수집하느라 여러 해를 투자했고 사랑을 쏟았어. 그런데 꽃병들이 나를 배신하고 박살나버렸어.'

그는 상점을 팔고 떠나버린다. 다시는 아무도 믿지 않으리라 결심하며 홀로 비통하게 살아간다.

꽃병이 깨지면 주인에게 충심을 다하겠다는 꽃병의 약속이 깨진 것이니, 파편들을 쓸어모아 내다버리는 것이 가장 좋다. 한번 깨진 꽃병은 다시는 예전과 같아질 수 없기 때문이다.

그런데 가끔은 선반이 무너진 것이 누군가의 잘못이 아닐 때도 있다. 지진이라든가 적의 침략, 상점에 들어온 누군가가 주변을 제대로 살피지 못해 선반에 부딪히는 경우가 바로 그것이다.

참사가 발생했을 때 사람들은 서로를 비난한다. "이런 일이 일어날 줄 누군가는 예상을 했어야지" 혹은 "내가 책임자였으면 이런 일은 피할 수 있었어"라고 말하면서.

하지만 어느 쪽도 사실이 아니다. 우리는 누구나 시간의 포로에 불과하기에 시간을 제어할 수 없다.

시간이 흐르고, 새로 상점 주인이 된 자가 떨어졌던 선반을 수리해 다시 제자리에 갖다붙인다.

세상에서 가장 아름다운 다른 꽃병들이 그 선반에 놓인다. 새 주인은 세상에 영원한 것은 없음을 아는 사람인지라 미소를 지으며 생각한다. '선반이 떨어지는 재난이 일어난 덕분에 나는 기

회를 얻었어. 이 기회를 최대한 활용해야지. 완전히 새로운 예술품들을 찾아내서 진열할 거야.'

도자기 꽃병을 파는 상점이 아름다운 이유는, 독특한 꽃병들이 나란히 놓여 있으면서도 조화로운 분위기를 풍기고 도공의 노고와 화가의 예술성을 잘 보여주기 때문이다.

모두가 훌륭한 예술품인 꽃병들이 이런 말을 한다고 치자. "나는 주목받고 싶어. 이 자리에서 벗어날 거야." 자기 자리를 벗어나려고 시도하는 순간 꽃병은 바닥으로 떨어져 아무런 가치도 없는 파편이 되어버리고 만다.

사람들도 마찬가지다.

부족들, 선박들, 나무들, 별들도 마찬가지다.

이런 이치를 깨달으면 우리는 저녁 무렵 이웃과 나란히 앉아 그의 말에 공손히 귀기울이거나, 이웃에게 필요한 말을 해줄 수 있다. 의견을 상대에게 강요하지 않으면서.

여러 종족의 주거지를 나누는 산맥 너머, 육신들 사이의 거리 너머에 영혼들로 이루어진 공동체가 있다. 우리는 누구나 그 공동체의 일부이다. 그곳에는 무의미한 단어로 넘쳐나는 길들은 없으며, 먼 곳과 하나로 이어지는 대로가 있을 뿐이다. 흐르는 시간이 그 대로를 손상시키므로 가끔 정비를 해주어야 한다.

그곳에서는 떠났다가 돌아온 연인을 불신의 눈으로 보지 않는다. 돌아온 연인의 걸음걸음에 충심이 깃들어 있기 때문이다.

전쟁이 치러지던 어제는 적군이었던 사람이, 전쟁이 끝나고 삶이 계속되는 지금은 다시 친구가 된다.

집을 나갔던 아들이 풍성한 경험을 얻고서 되돌아온다. 아버지는 두 팔을 활짝 벌리고 아들을 맞이하며 하인들에게 말한다. "어서 제일 좋은 옷을 내어다 입히고 손가락에 가문의 반지를 끼우고 신발을 신겨라. 내 아들이 죽은 줄 알았더니 이렇게 살아 있다. 잃은 줄 알았는데 이렇게 찾았다."

이마에 세월의 흔적이 새겨지고 몸에는 그가 치른 전투의 흔적이 남아 있는 한 남자가 말했다.

"완전히 수세에 몰렸을 때 우리가 사용해야 하는 무기에 대해 말씀해주십시오."

이에 그가 대답하였다.

충심이 있으면 무기는 필요치 않다.
무기는 현명한 사람의 도구가 아니라 악의 도구일 뿐이다.
충심은 존경에 뿌리를 두고 있고, 존경은 사랑의 열매이며, 사랑은 우리 눈에서 모든 것을 불신하는 상상의 악령들을 몰아내고 순수함을 되살린다.
누군가를 약하게 만들고 싶으면, 현명한 사람은 우선 그가 스스로를 강한 사람이라고 믿게 한다. 그러면 그 사람은 자기보다 훨씬 강한 이에게 도전하는 함정에 빠지게 되고, 결국 크게 혼쭐

이 나게 된다.

누군가를 몰락시키고 싶으면, 현명한 사람은 우선 그가 세상에서 제일 높은 산을 오르게 하여 자신이 매우 강한 사람이라는 착각을 하게 만든다. 그러면 그 사람은 더 높이 올라갈 수 있다고 자만하다가 깊은 구렁으로 거꾸러지게 된다.

타인에게 속한 무언가를 갖고 싶으면, 현명한 사람은 먼저 그에게 선물을 잔뜩 안겨준다. 그러면 그 사람은 수중에 쓸데없는 물건들이 너무 많아져 그것들을 돌보느라 나머지 물건에는 소홀해지게 된다.

적의 계획을 알고 싶으면, 현명한 사람은 거짓으로 공격을 시도한다. 우리는 누구나 남들이 우리를 좋아하지 않을지 모른다는 두려움과 피해망상 속에 살기 때문에, 늘 스스로를 방어할 준비가 되어 있다.

아무리 똑똑한 적이라도 먼저 공격을 받으면 불안감 때문에 지나치게 격한 반응을 보이면서 보유중인 무기들을 노출하게 된다. 현명한 사람은 이런 식으로 적의 강점과 약점을 알아낸다.

현명한 사람은 상대가 어떤 식으로 반응할지 정확히 파악한 후 공격과 후퇴 여부를 결정한다.

이것이 바로 고분고분하고 약해 보이는 사람들이 힘있고 강한 적을 물리치고 무너뜨리는 방법이다.

 현명한 사람들은 이런 식으로 전사들을 패배시키지만, 전사들도 현명한 사람들을 이길 때가 있다.
 그러니 전쟁을 피하고, 서로 다른 이들 사이에 존재하는 평화와 안식을 추구하는 것이 가장 좋다.
 부상당한 사람은 이렇게 자문해야 한다. '내 마음을 증오로 채우고 그 무게에 짓눌려 살 필요가 있을까?'
 그는 사랑의 특징 중 하나인 용서를 실행한다. 용서는 그가 한창 전투중에 받았던 온갖 모욕에서 놓여날 수 있도록 도와준다. 바람이 사막의 모래에 새겨진 발자국들을 지우듯, 머지않아 시간이 그의 머리에서 모욕의 기억을 지워줄 것이다.
 그대들이 용서를 하면, 모욕을 가했던 상대는 고개를 숙이며 충심을 보이게 된다.
 우리는 우리를 움직이는 힘들에 대해 꿰뚫어볼 줄 알아야 한다.
 진정한 영웅은 대단한 공적을 세운 사람이 아니라, 소소한 일들을 통해 자기 주변에 충심의 방패를 세운 사람이다.
 상대를 죽음에서 혹은 배신에서 구해줄 때도 상대는 고마움을 잊지 않을 것이다.

참된 연인은 "내 옆에 있어. 내가 널 돌봐줄게. 우린 서로에게 충실한 연인이니까"라고 말하는 사람이 아니라, 충심이 자유와 함께하는 개념임을 아는 사람이다.

참된 연인은 더욱 큰 사랑의 힘을 믿으며, 배신당할까봐 두려워하지 않고 상대의 꿈을 받아들이고 존중한다.

진정한 친구는 "오늘 넌 나한테 상처를 줬어. 그래서 슬퍼"라고 말하는 사람이 아니라, "내가 알지 못하는, 그리고 아마 너도 알지 못하는 이유 때문에 오늘 넌 나한테 상처를 줬어. 하지만 내일은 네가 날 도와줄 테니까 난 슬프지 않아"라고 말하는 사람이다.

그러면 친구는 이렇게 대답한다. "소신대로 말해주다니 넌 충실한 친구구나. 무조건 감싸기만 한다면 충심 어린 우정이라고 볼 수 없겠지."

가장 파괴력이 강한 무기는 사람을 다치게 하는 창이 아니다. 성벽을 무너뜨리는 공성포가 아니다. 사람의 입에서 나오는 말이다.

말은 핏자국 한 점 남기지 않고 인생을 망가뜨릴 수 있으며, 말로 인해 생겨난 상처는 결코 아물지 않는다.

그러니 우리는 혀를 잘 간수하고 말의 노예가 되지 않도록 해야 한다. 누군가 우리에게 불쾌한 말을 한다고 해도, 승자가 없는 싸움이니 싸우지 않는 편이 낫다. 우리가 품성 나쁜 상대방과 같은 수준이 되어 어둠 속에서 싸울 때, 유일한 승자는 어둠의 왕인 악마이기 때문이다.

충심은 모래 속에 숨겨진 진주와 같아서, 그 의미를 진정으로 이해하는 사람만이 그것을 볼 수가 있다.

이간질을 일삼는 자는 진주가 있는 곳을 천 번 지나가도, 사람들의 마음을 하나로 묶어주는 그 작은 진주를 보지 못한다.

충심은 힘이나 공포, 불안, 위협으로 얻어낼 수 없다.

충심은 강한 영혼을 지닌 사람들만이 용기를 내어 선택할 수 있는 마음이다.

한번 충심을 다하기로 결심하면, 배신은 용인하지 않지만 실수에 대해서는 늘 관대하기 때문이다.

한번 충심을 다하기로 결심하면, 시간이 흐르거나 다툼이 생겨도 그 마음은 쉽게 변하지 않기 때문이다.

태양이 지평선 바로 아래까지 내려온 것을 보고 콥트인과의 대화 시간이 곧 끝날 것임을 알게 된 한 젊은이가 물었다.
"적들에 대해서는 어찌해야 합니까?"

이에 그가 대답하였다.

진실로 현명한 사람은 산 자에 대해서도 죽은 자에 대해서도 비통해하지 않는다. 그러니 그대들을 기다리는 전투를 받아들여라. 우리는 '영원한 성령'으로 이루어져 있는데, '영원한 성령'은 때로 우리를 누군가와 맞서 싸우는 상황에 놓이게 한다.

전투에 나서면 머릿속을 맴도는 쓸데없는 질문들은 저만치 치워두라. 그런 질문들은 적의 공격에 빠르게 대처하지 못하게 만들 뿐이다.

전장에 나선 전사는 운명에 의해 그곳에 있게 된 것이니 운명에 순종해야 한다. 자신이 누군가를 죽일 수 있다거나 죽을 수 있다고 착각하는 사람들은 참으로 가엾다! 우리 영혼을 이루는 '신성한 힘'은 파괴될 수 없으며 그저 형태를 바꿀 뿐이다. 고대의 현자들은 말했다.

"보다 높으신 분의 계획의 일부로 받아들이고 나아가라. 지상의 전투는 우세와 열세가 고정되어 있지 않다. 바람이 방향을 바꾸듯이 행운과 승리도 방향을 바꾼다. 명예롭게 전투에 임하면, 오늘의 패자가 내일의 승자가 될 것이다.

낡은 옷을 버리고 새 옷을 입듯이, 영혼은 낡고 쓸모없어진 몸을 버리고 새로운 몸을 얻는다. 이런 진리를 알면 육신으로 인해 고통받지 않을 것이다."

어두운 밤 혹은 아침이 밝으면 우리는 전투를 치르게 될 것이다. 전투에서 일어나는 일에 대해서는 역사가 기록할 것이다.

우리의 모임과 대화가 이제 끝을 향해 가고 있으니 전투에 대한 얘기는 이쯤에서 끝을 맺겠다.

이제 우리 주변에 있는 다른 적들에 대해 얘기해보자.

살면서 우리는 많은 적들을 만나지만, 그중 제압하기 가장 어려운 적은 바로 우리가 두려워하는 적이다.

무슨 일을 하든 경쟁자들을 만나게 마련이지만, 가장 위험한 경쟁자는 우리가 친구라고 믿고 있는 경쟁자이다.

우리는 존엄성을 공격받거나 존엄성이 손상당하면 고통스러워한다. 본보기라 여겼던 사람들에게 당할 때의 고통이 가장 크다.

사는 동안 배신하고 중상하는 자들을 만나는 일을 피할 수는 없다. 그러나 과도한 친절을 베푸는 자의 등뒤에 칼이 숨어 있음을 안다면, 악이 제 얼굴을 드러내기 전에 물리칠 수 있다.

충심을 지닌 사람들은 굳이 자신이 어떤 사람인지 내세우려 하지 않는다. 굳이 드러내려 애쓰지 않아도 충심을 지닌 다른 사람들이 그들의 장점과 단점을 알아보기 때문이다.

항상 그대들을 만족시키려 드는 사람들을 조심하라.

야비하고 비겁한 마음이 내면에 스며들도록 내버려두면 그대들은 고통을 받게 된다. 집주인이 자발적으로 문을 열어놓은 탓이므로, 이미 악이 저질러진 후에는 다른 이를 탓해봐야 아무 소용이 없다.

중상을 일삼는 자들은 자신들의 입지가 약할 때 더 위험한 행동을 감행한다. 강한 영혼을 감당하지 못하는 이 나약한 영혼들에게 상처받지 말라.

누군가 발상^{發想}이나 이상^{理想}을 놓고 그대들에게 맞서면, 나아가 싸움을 받아들여라. 삶의 매 순간 다툼이 존재하는데 때로는 밝은 대낮에 싸우는 편이 나을 때가 있다.

하지만 그대들이 옳다는 것을 증명하기 위해 혹은 그대들의 발상이나 이상을 다른 이에게 강요하기 위해 싸우지는 말라. 그대들의 영혼을 맑게, 의지를 온전하게 유지하기 위해 어쩔 수 없을 때에만 싸움을 받아들여라. 이런 경우 양측이 싸움을 통해 각자의 한계와 능력을 시험해본 것이니, 싸움이 끝난 후에는 둘 다 승자가 된다.

비록 처음에는 한쪽이 "내가 이겼어"라고 말하고, 다른 한쪽은 '나는 졌어'라고 울적하게 생각하더라도 말이다.

양측이 상대방의 용기와 투지를 존중하므로 언젠가는 서로 손잡고 함께 나아갈 때가 올 것이다. 그런 일이 있기까지는 천년을 기다려야 하겠지만.

반면에 누군가 여러분을 단순히 도발하려고 들면, 발에 묻은 먼지까지 털고 그 자리를 떠나라. 싸울 가치가 있는 상대하고만 싸우고, 대개의 전쟁에서 그렇듯 이미 끝난 전쟁을 질질 끌려고 비열한 술수를 쓰는 사람과는 싸우지 말라.

자신들의 목적에 맞춰 승리와 패배를 조작하는 사람들이 그런 술수를 쓴다. 전장에 나가 자신들이 하는 일을 아는 전사들은 술수를 쓰지 않는다.

손에 칼을 든 채 그대들과 맞선 사람이 아니라, 등뒤에 칼을 숨기고 그대들 곁에 서 있는 사람이 바로 그대들의 적이다.

가장 중요한 전쟁은 고결한 정신을 가진 이, 그리고 전쟁을 운명으로 받아들인 그대들이 치르는 전쟁이 아니다. 지금 우리가 이렇게 얘기하고 있는 동안에도 계속되고 있는 전쟁, 즉 선과 악, 용기와 비겁, 사랑과 두려움이 서로 대치하는 영혼의 전쟁이다.

증오를 증오로 갚지 말고 정의로움으로 갚아라.

세상은 적군과 아군으로 나뉘는 게 아니라 약한 자들과 강한 자들로 나뉜다.

강한 자들은 승리했을 때 아량을 베푼다.

약한 자들은 승리했을 때 무리를 지어 패자들을 괴롭힌다. 그중에서도 제일 약해 보이는 자들을 골라 괴롭힌다. 그들은 승리와 패배가 일시적인 것임을 알지 못하기 때문이다.

그대들이 위와 같은 상황에 처하게 됐다면, 희생자 역할을 맡고 싶은지 스스로에게 물어보라.

"예"라고 대답한 이들은 남은 평생 그 선택에서 자유롭지 못할 것이다. 용기가 필요한 결정에 직면할 때마다 쉬운 먹잇감이 될 것이다. 말은 승자처럼 하겠지만 이미 눈빛이 패배감에 젖어 있어 다들 알아챌 것이다.

"아니요"라고 대답한 이들은 그 생각을 끝까지 견지해야 한다. 시간과 인내심이 필요하겠지만, 상처가 깊지 않을 때 저항하는 편이 낫다.

그대들은 몇 날 밤을 잠 못 이루고 생각할 것이다. '나에겐 그럴 만한 자격이 없어.'

혹은 세상이 그대들이 기대하는 만큼 환대해주지 않으니 불공평하다고 생각할 수도 있다. 동료들과 연인, 부모님 앞에서 당한 굴욕을 생각하며 수치스러워할 수도 있다.

그러나 그대들이 신념을 굳게 지키면, 하이에나 떼는 희생자 역할을 할 다른 이를 찾아 그대들 곁을 떠날 것이다. 새로이 희생자가 된 이들은 위와 같은 교훈을 스스로 깨우쳐야 한다. 다른 누구도 도와줄 수 없으니까.

그대들의 용기를 시험하기 위해 나서는 적수들이 아니라, 그대들의 나약함을 시험하기 위해 나서는 겁쟁이들이 바로 그대들의 적이다.

밤이 깊이 무르익었다. 콥트인은 그동안 조용히 듣고 있던 세 종교의 수장들을 돌아보며 덧붙일 말이 있는지 물었다. 수장들은 고개를 끄덕였다.

랍비가 말했다.

어느 위대한 랍비께서 유대인들이 학대받는 모습을 보시고 숲으로 들어가 신성한 불을 피운 뒤, 유대 민족을 보호해달라고 신에게 특별 기도를 드렸다.
이에 신께서 기적을 일으켜주셨다.
훗날 그 랍비의 제자가 같은 장소로 가서 말했다. "우주의 주인이시여, 저는 신성한 불을 피우는 방법은 알지 못하나 특별 기도에 대해서는 압니다. 부디 제 말을 들어주소서!"
그러자 또다시 기적이 일어났다.

한 세대가 지나고, 또다른 랍비가 유대 민족이 박해받는 모습을 보고 숲으로 들어가 말했다. "저는 신성한 불을 피우는 방법을 모르고 특별 기도에 대해서도 모르지만, 기도 장소는 기억하고 있습니다. 신이시여, 저희를 도와주소서!"

이에 신께서 그들을 도와주셨다.

50년 후, 다리를 저는 또다른 랍비가 신께 말했다. "저는 신성한 불을 피우는 방법을 모르고 특별 기도에 대해서도 모르며, 숲의 기도 장소가 어디인지도 찾지 못하겠습니다. 저는 그저 이렇게 말씀을 올리며 당신께서 제 기도를 들어주시기를 바랄 뿐입니다."

이에 또다시 기적이 일어났다.

그러니 다들 가서 오늘 저녁에 들은 이야기를 전파하기를.

친구인 랍비의 말이 끝나도록 정중하게 기다리고 있던, 알 아크사 모스크의 책임자인 이맘이 말했다.

한 남자가 베두인족 친구의 집을 찾아가 문을 두드리며 부탁했다. "빚을 갚아야 해서 그러니 4천 디나르만 빌려줄 수 있겠나?"

친구는 아내에게 말해 가진 돈을 전부 모았지만 부족했다. 그들은 집밖으로 나가 이웃들에게 돈을 빌려 4천 디나르를 채워 남자에게 주었다.

남자가 떠난 후, 아내는 남편이 울고 있는 모습을 보고 물었다.

"왜 그렇게 슬퍼해요? 이제 우리가 이웃들에게 빚을 졌으니 그 빚을 못 갚게 될까봐 걱정돼서 그래요?"

"아니, 그게 아니야. 사랑하는 내 친구가 저런 곤경에 처할 때까지 내가 아무것도 몰랐다는 것 때문에 그래. 친구가 찾아와 내 집 문을 두드리며 돈을 빌려달라고 부탁한 후에야 내가 친구의 사정을 알게 되었으니."

형제가 도움을 청하기 전에 미리 도울 수 있도록, 다들 가서 오늘 저녁 들은 이야기를 전파하기를.

이맘이 말을 마치자 그리스도교 사제가 입을 열었다.

한 남자가 밖으로 나가 씨를 뿌렸다. 그중 일부는 길가에 떨어져 하늘에서 새들이 내려와 먹어치웠다. 일부는 흙이 별로 없고 돌이 많은 땅에 떨어져 곧장 위로 튀어올랐다가 다시 떨어졌다. 해가 떠오르자 씨앗은 누렇게 말라버렸고 뿌리가 없었기 때문에 시들어 죽고 말았다. 일부는 가시나무들 사이에 떨어졌는데, 가시나무들이 자라나면서 짓누르는 바람에 열매를 맺지 못했다.

일부는 비옥한 땅에 떨어져 열매를 맺었고, 그 열매에서 싹이 나면서 4개, 30개, 60개, 100개로 점점 열매의 수가 늘어났다.

어떤 씨앗이 자라나 번성하여 다음 세대를 깨우칠지 알 수 없으니, 다들 가는 곳마다 씨앗을 뿌리기를.

밤이 예루살렘 시를 뒤덮었다. 콥트인은 다들 집으로 돌아가 여기서 들은 이야기를 전부 기록해달라고 청했다. 글을 모르는 사람들에게는 잘 외워두라고 청했다. 사람들이 광장을 떠나기 전에 콥트인이 말했다.

내가 지상에 평화를 전파하러 왔다고 생각지는 말라. 오늘밤부터 우리는 편협과 몰이해의 악령들과 싸우기 위해 보이지 않는 칼을 들고 세상을 돌아다녀야 한다. 발길이 닿는 곳까지 최대한 그 칼을 지니고 가라. 그리고 더이상 한 걸음도 갈 수 없을 때, 그 칼을 휘두를 만한 자격이 되는 사람들을 골라 오늘 들은 이야기를 말로 혹은 문서로 전하라.

그대들을 환영하지 않는 마을이나 도시로는 구태여 들어가려고 애쓰지 말고, 갔던 길을 되돌아오면서 발에 묻은 먼지까지 떨어내라. 그들은 수세대에 걸쳐 같은 실수를 되풀이하는 저주를 받을 것이기 때문이다.

이 이야기를 말로 듣거나 글로 읽는 사람들은 축복받은 사람들이다. 그들 눈을 가리고 있던 장막이 찢겨, 그 너머에 있는 모든 것을 볼 수 있을 테니.

그대들에게 평화가 함께하기를.

지은이 **파울로 코엘료**
전 세계 170개국 이상 88개 언어로 번역되어 3억 2천만 부가 넘는 판매고를 기록한 우리 시대 가장 사랑받는 작가. 1986년, 산티아고 데 콤포스텔라 순례에 감화되어 첫 작품 『순례자』를 썼고, 이듬해 자아의 연금술을 신비롭게 그려낸 『연금술사』로 세계적 작가의 반열에 올랐다. 이후 『브리다』 『베로니카, 죽기로 결심하다』 『피에트라 강가에서 나는 울었네』 『악마와 미스 프랭』 『11분』 『오 자히르』 『포르토벨로의 마녀』 『승자는 혼자다』 『알레프』 『불륜』 『스파이』 『히피』 『아처』 등 발표하는 작품마다 전 세계적으로 큰 반향을 일으켰다. 2009년 『연금술사』로 '한 권의 책이 가장 많은 언어로 번역된 작가'로 기네스북에 기록되었다.

옮긴이 **공보경**
고려대학교 영어영문학과를 졸업하고 현재 소설 및 에세이 전문 번역가로 활동하고 있다. 옮긴 책으로 『테메레르』 시리즈, 『다시 한 번 리플레이』 『벤자민 버튼의 시간은 거꾸로 간다』 『페트록의 귀환』 『로즈메리의 아기』 『셜록 홈즈 이탈리아인 비서관』 『커튼』 『더 패스』 『루시퍼의 눈물』 등이 있다.

문학동네 세계문학
아크라 문서

1판 1쇄 2013년 9월 5일 | 1판 8쇄 2022년 7월 12일

지은이 파울로 코엘료 | 옮긴이 공보경
책임편집 이은현 | **편집** 김이선 염현숙
디자인 윤종윤 이원경 | **저작권** 박지영 형소진 이영은 김하림
마케팅 정민호 이숙재 박치우 한민아 김혜연 박지영 안남영 김수현 정경주
브랜딩 함유지 함근아 김희숙 안나연 박민재 박진희 정승민
제작 강신은 김동욱 임현식 | **제작처** 영신사(인쇄) 경일제책사(제본)

펴낸곳 (주)문학동네 | **펴낸이** 김소영
출판등록 1993년 10월 22일 제2003-000045호
주소 10881 경기도 파주시 회동길 210
전자우편 editor@munhak.com | **대표전화** 031) 955-8888 | **팩스** 031) 955-8855
문의전화 031) 955-3578(마케팅) 031) 955-2685(편집)
문학동네카페 http://cafe.naver.com/mhdn
인스타그램 @munhakdongne | **트위터** @munhakdongne
북클럽문학동네 http://bookclubmunhak.com

ISBN 978-89-546-2097-0 03870

잘못된 책은 구입하신 서점에서 교환해드립니다.
기타 교환 문의 031) 955-2661, 3580

www.munhak.com

자신의 생을 성취로 이끈 사람들,
치열한 열정으로 자신의 길을 개척한 이들이
소중한 이에게 추천하는 책!

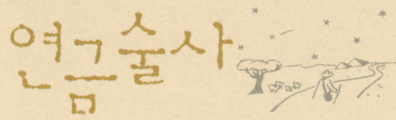

연주여행을 가기 위해 비행기에서 긴 시간을 보낼 때면 이 책을 거듭 손에 잡게 된다. 성악가로서 세계를 떠돌다보니 왜 난 이렇게 집시처럼 떠돌아다녀야 하는지 생각을 많이 했다. 그런데 『연금술사』를 읽고 나서 인생은 자아를 발견하기 위한 영원한 여행이라는 생각에 위안을 얻게 됐다. 내가 찾아 헤매던 답을 찾아준 책이라고나 할까. **조수미**(성악가)

인생에서 진정 찾고자 하는 것은 무엇인지 차분히 생각해볼 기회를 주는 책. 주인공 산티아고의 여정을 통해 그동안 잊고 지내던 인생을 살아가는 진리를 다시 한번 되새기게 된다. **한완상**(전 대한적십자 총재)

코엘료의 책을 잔뜩 쌓아두고 읽고 싶다. **빌 클린턴**(전 미국 대통령)

학창시절, 비겁했던 나의 여고시절에 이 책을 접했더라면 얼마나 좋았을까.
추상미(영화배우)

『연금술사』를 읽으면 자기 앞에 놓인 빈 공간을 새로운 색깔들로 채워나가고 싶은 마음이 든다. **최윤영**(아나운서)

기막히게 멋진 영혼의 모험이다. **폴 진델**(퓰리처상 수상작가)

아름다운 문체, 결 고운 이야기, 마음을 움직이는 감동… 코엘료는 혼탁한 생의 현실 속에서도 참 자아를 지켜갈 수 있는 힘을 보여준다. **정진홍**(서울대 종교학과 명예교수)